MARITA LOEW
Diätsafari
Mit Kohldampf ins Abenteuer

Zum Buch

Annabell ist es leid. Sie will endlich abnehmen. Und nebenbei am besten noch einen Traummann abstauben. Das kann doch nicht so schwer sein! Doch wo immer sie auftaucht, lauert auch schon das nächste Fettnäpfchen – in das sie mit Schwung hineinspringt. So stolpert sie gemeinsam mit ihrem Kater Othello von einem Erlebnis in das nächste, und findet sich plötzlich auf einer Abenteuerreise wieder, die ihr den Blick öffnet für das, was sie eigentlich sucht – ihr ganz persönliches Glück.

Zur Autorin

Schon immer haben ihre Geschichten viele große und kleine Zuhörer in ihrer Familie und ihrem Bekanntenkreis begeistert. Jetzt endlich hat sie eine davon aufgeschrieben, um sie einem größeren Publikum vorzustellen.
Marita Loew lebt mit ihrem Mann und ihrem Kater im Saarland.

Marita Loew

Diätsafari

Mit Kohldampf ins Abenteuer

Roman

© 2016
Herstellung und Verlag: BoD – Books on Demand, Norderstedt.
Umschlaggestaltung: Erwin Altmeier
ISBN: 9783743143746

Sportmausi

Mein Blick geht an spargeldünnen Stangen vorbei, aber etwas verwehrt mir die freie Sicht.
Hin und her.
Bambussträucher wiegen sich im Wind.
Hin und her.
Ich spüre ein Gefühl von Freude und Glück.
Ich möchte meine Augen schließen, nur weiter ruhen, genießen - einfach so.
In meine Brust schießt ein gewaltiger Atem. Gewaltig hebt und senkt sich mein Brustkorb, ich spüre die strömende Luft und bin glücklich.
Glückliches Atmen - toll.
Es ist so einfach, warum können nicht alle glücklich sein. Ich bin jetzt glücklich.
Ich dehne meinen Körper, spüre den wohligen Schmerz ganz leicht an meinem rechten Bein. Meine Muskeln arbeiten. Ich bin eine Maschine.
Ich werde eine definierte Muskelmasse und versuche beim Ausatmen leicht den Bauch einzuziehen.
Oh ja, es fühlt sich fest und jugendlich an, denke ich, träume ich.
Ich lausche entfernter Musik und träume weiter.
Von Johnny Depp. Verwegen schwingt er seinen leichten durchtrainierten Körper an einem Seil hängend von einer Schiffsseite zur nächsten. Der feurige Blick des hübschen Piraten erfasst die zerbrechliche Prinzessin. Wird er sie erringen oder muss er sich gewaltsam ihre Liebe stehlen. Ich atme schwer.
Mir wird warm. Wärmer.
Leicht schwitze ich bei der Vorstellung des

umwerfenden Piratenkusses. Meine gesamten Körperhaare richten sich auf und versuchen meinen Sinnen auf die Sprünge zu helfen. Mein Kopf schaukelt leicht vor und zurück und mein Herz schwingt im Takt. Johnny legt seine Piratenhand auf meine niedliche Wespentaille, umfasst mich eng und will mich aufrichten. Ich spüre seinen Atem und seine Wimpern streicheln mein Gesicht.
Da spaltet mich ein unglaublicher Schmerz im Bein, ein Krampf hat mich ereilt.
Was hat Johnny gemacht?
Der Schmerz zerreißt mich in zwei Teile. Mein Bein wird hart und ich versuche eine Drehung nach rechts, um mich auf die Seite zu rollen. Eine Meisterleistung bei meiner Körpermasse. Oh Gott! So ein Schmerz.
Ich reiße die Augen auf. Das Rechte öffnet schneller als das Linke und ich erstarre.
Keine zwei Meter von mir entfernt springen spindeldürre Gestalten zu tonloser Musik.
Ich halluziniere oder so.
Das Headset verhilft ihnen einen Rhythmus einzuhalten, den sonst kein normaler Mensch zu Wege bringen würde.
Hoch, runter, rechts, rechts, links, hoch, runter...
Bambusstangen eben, im Wind.
Nach zwei Minuten sehe ich klarer. Ich bin zurück. Leider. Ich liege mit meinem speckigen runden Körper und starkem Übergewicht auf einer Turnmatte, im Gymnastikstudio für Frauen. Ich weiß, ich muss was tun, damit ich abnehme. Die Beweglichkeit ist schon besser geworden, aber die Fülle legt sich wie ein Alptraum um mich herum.
Meine Bambusstangen entpuppen sich als wild

tanzende Fitnessgruppe, die ich durch eine Glaswand erblicke. Scheiße, alle sind hier dünn, nur ich nicht. Dafür bin ich aber hübsch. Kleiner Trost.
Warum nur habe ich die Augen geöffnet. Ich kann nur wabbernden Nebel in meinem Gehirn feststellen. Alles unwirklich.Total merkwürdig.
Befinde ich mich in der ärmsten Region der Welt? Springen hungrige, ausgemergelte Frauen zu rituellen Tänzen um ein Feuer? Ist es der Hunger, der alle steuert?
Hohle Wangen, hohle Augen, dünne hängende Arme und keine schwingende Beinhaut.
Voodoo in Deutschland! Nein, ich beneide alle Hüpfer und ich, ja ich habe wieder Hunger.
Da spüre ich den blanken Stahl von einem Schwert in meinem rechten Bein. Ein megastarker durchdringender Schmerz zerreißt mein dämmerndes Hirn. Aua!
Johnny, wo bist du. Johnny, rette mich. Heb dir ruhig einen Bruch bei meinem Gewicht.
Hebe mich auf und trage mich auf dein Schiff. Weit weg von diesen bizarren Figuren.
Johnny kommt nicht. Meine Augen gewöhnen sich an die Umgebung. Sie sind gewohnt, was ich sehe.
Ein schwarzer Bogen spannt sich über mein Gesicht. Vielleicht beginnender grüner Star?
Nein.
Ich liege auf einer türkisfarbenen Turnmatte unter einem Bauchtrainingsgerät. Das Training mache ich zwei Mal die Woche. Leicht wippend hängt mein Kopf auf einem gepolsterten Bügel. Ich stöhne. Der Schmerz heult immer stärker auf und ich versuche mich aus der blöden Maschine zu winden.
Die Bambusstangen von nebenan würden mit einem

Hüpfer in den Stand gelangen, ich nicht. Ich liege schwer wie Eisenerz verrenkt in diesem Bauchroller und versuche mich dahingehend zu konzentrieren, den Schmerz erst zweitrangig einzuordnen, um nicht wie ein Idiot zu schreien. Eine gewaltsame Schwingung meines Oberkörpers in die Höhe.
Ich rolle mich auf die Seite, stelle meine Beine an und beiße die Zähne zusammen.
Welch ein Schmerz!
Das linke Knie steht auf der Matte, drückt nach oben und ich ergreife den Heizkörper neben mir, der sich, gelangweilt rumhängend, meinen Händen nicht entziehen kann.
Ein Ruck und ich kann das schmerzende Bein aufstellen und mich mit einem fulminanten Schwung nach oben stemmen. Der Heizkörper knackt gefährlich. Habe ich jetzt die Heizung abgerissen? Ich stehe auf meinen Füßen und denke nach.
Als erstes brauche ich Magnesium. Dieses Allerheilmittel lässt Wadenkrämpfe verschwinden. Ich liebe das Zeug.
Ich hinke zur Fensterbank und angele mir aus meiner Trainingsjacke zwei kleine Tüten. Schnell, schnell. Aufreißen, auf die Zunge schütten, warten.
Stunden..... (gefühlt). Endlos.
Der Krampf lässt nach und ich kann wieder durchatmen.
Im Spiegel der Fensterscheibe erblicke ich meine Gestalt. Stämmig, kompakt, nicht riesig, eher mittelgroß, rundlich, speckig, mit etwas Taille und ausladenden Kurven. Mein hübsches rundliches Gesicht mit Apfelbäckchen wird von kastanienbraunem halblangem Haar umflattert. Als Kind hatte ich viele

Locken, aber momentan hängen sie etwas lustlos herum. Kräftige Arme und Beine runden den Bergbauernlook ab.
Eine stolze Figur, würde man auf den Fidschi-Inseln sagen. Aber bei uns in Deutschland sind die magischen Rundungen aus der Mode.
Am besten denke ich, lasse ich mich einfrieren bis sich die Mode ändert und Rubensmodelle wieder in sind. In allen Museen der Welt räkeln sich stattliche Figuren in den Glasvitrinen. Megadicke Oberschenkel hindern jegliche Luft am stürmischen Wirbeln. Überall Speck, da fndet die Luft keinen Durchlass. Die weibliche Scham ruht weich und erhitzt in einer sturmfreien Tabuzone. Ich wünsche mir auch den Wind. Zwischen den Oberschenkeln angenehme Kühle statt reibendem Speck. Ich leide unter meinem Gewicht, meinem speckigen Körper. Ich muss was tun.
Ich habe meinen Tabuzonen den Kampf angesagt, nach tausend Versuchen endlich abzunehmen. Einfach nur normal sein. Kein Übergewicht mehr, wunderbar.
Gewicht verlieren fängt im Kopf an.
Sagt man.
Genau, stimmt - und zwar im Vorderkopfbereich genannt dem Schnabel oder Mäulchen.
Wenn es wirklich so wäre, dass bei der Nahrungsaufnahme selbst, die Anzahl der Kaubewegungen eine gewichtsreduzierende Wirkung hätten, wäre ich dünn, sehr dünn sogar.
Ich kann den ganzen Tag essen.
Natürlich nur Ausgesuchtes und Feines. Keine Berge billigen Schrotts wie Fastfood oder so. Nein ich esse gern Leckerfood und Schokolade jeglicher Art.
Um den ganzen Genuss auch magenfreundlich zu

gestalten, neutralisiere ich das viele Süße mit frischem Baguette und reichlich Butter.
Aber auf zu neuen Ufern. Jetzt wird's Zeit.
Kopf einschalten, Mäulchen zu und bewegen. Hüpfen, hüpfen, hüpfen.
"Sport wird ein wesentlicher Bestandteil meines neuen Verhaltens," sage ich mir als neuen Leitsatz ständig auf. Auch auf meiner Couch versuche ich, daran zu denken. Diese Gymnastikgruppe vorhin ist nichts für mich. Es gibt keine Anreize.
Ich kann aussehen wie ich will – Verständnis.
Ich kann die Übungen so lasch machen wie ich will – Verständnis.
Diese Gymnastikburgen outen sich als Eldorado für alle, die sowieso schon motiviert sind.
Ich bin noch nicht so weit.
Am Liebsten hätte ich einen kleinen Zengarten. Schwarzer und gelber Sand, grob der gelbe und feinporig der schwarze. Leichte Kreise könnte ich mit meinem Zenrechen kehren. Rechts herum und links herum. Herrlich.
Geistig stelle ich mir vor, wie angenehm der kühle Sand durch meine Zehen gleitet. In einen leichten Kimono gewandet, kehre ich meine Sorgen weg. Aus dem Sand, aus dem Leben, einfach weggekehrt.
Wäre es nur so einfach. Ich war schon ein dickes Kind, ein stämmiges Baby.
Oh, wie niedlich hieß es immer. So süße Beinchen mit Babyspeck. So ein pausbäckiges gesundes Gesicht mit roten Wangen. Goldig.
Leider haben sich weder das Gesicht noch die stämmigen Beinchen geändert. Seit meiner Jugend hoffe und warte ich auf „den Schuss". Bei uns zu Hause

hieß es immer, wenn sie mal einen „Schuss" macht, hat sie eine gute Figur. Nur, wann kommt der „Schuss".
Mit annähernd drei Jahrzehnten müsste die Pubertät doch längst vorbei sein.
Am nächsten Morgen gehe ich zur Arbeit. Ich gehe eigentlich gerne hin. Ich sitze vor meiner Werkbank und habe die Schuhe ausgezogen. Der Fußboden ist angenehm kühl. Durch das stundenlange Sitzen sind meine Füße oft angeschwollen und meine Schuhe drücken mich. Nicht dass sie sonst schmal wären, nein leider, nur an kühlen Tagen ist es nicht so schlimm und es macht mir nicht so viel aus.
Da meine Beine stämmig sind, bevorzuge ich Schuhe mit Absätzen. Je höher, desto lieber. Bei hohen Schuhen fühlen sich die Beine schlank und drahtig an. Aber wie gesagt, nicht immer.
Heute drängen Flüssigkeitsmassen abwärts.
Ich fühle sie schon seit einer Stunde. Ausgerechnet heute. In einer halben Stunde ist eine Personalbesprechung in der Aula und ich will einen guten Eindruck machen. Wie immer. Perfekt gestylt, perfekt vorbereitet, perfekt doof.
Ich gehe in Gedanken noch einmal die neuesten Resultate unserer Testreihe durch und versuche mich zu konzentrieren. In meiner Handtasche trage ich einen Lippenstift und einige Schminkstifte mit, um mich jederzeit aufzufrischen. Ich ziehe meine Lippen nach und stelle fest, sie sind mit im Parterre. Dünne leblose Lippen, oh nein, gerade jetzt.
Kann das sein?
Waren die heute morgen nicht knackig und prall?
Ich trage den Lippenstift so dick wie möglich auf.
Schnell tusche ich meine Wimpern nach. Ausgerechnet

heute stehen sie wie tote Mückenbeine kreuz und quer.
Oh Mann, was für ein Tag. Einen Biss in meinen Müsli-Nussriegel und ich hangele nach meinen Schuhen. Aber sie sind nicht mehr da.
Weggerutscht.
Ich hangele sie heran, aua, mein großer Zeh.
Eigentlich ja alles kein Problem. Ich habe mich daran gewöhnt. Aber heute stehe ich da, mit aufgequollenen Füßen und hochhackigen Lackschuhen, die absolut nicht zusammen kommen wollen. Egal, hineingequetscht, ich muss los. Ein kurzer Schmerz, geschafft.
Atempause – Luft holen. Ausatmen, einatmen, aus, ein, los geht's.
Oh Gott, wie schnell die Zeit vergeht, wenn man sich beeilen will.
In der Aula hat der Hausmeister einen Kreis aus Stühlen aufgestellt. Hell leuchtet die Sonne ins Atrium und schenkt gute Laune. Unsere Aula ist wirklich wunderschön gestaltet, wie ein kleiner Park. Viel Grün, herrliche Palmen und ein Rattangefäß mit bunten Orchideen. Um die Pflanzen wurde farbiger Mulch aufgehäuft. Eine entspannte Atmosphäre für berufliche Anspannungen.
OK, es geht los. Unser Chef taucht auf.
Einige Kollegen sind schon da und unterhalten sich laut. Als ich vorbeischreite, bricht die Unterhaltung kurz ab und ich werde freundlich begrüßt. Heute kann ich nicht gehen, nein, ich schreite. Ich muss schreiten, der Not gehorchend. Diese verdammten Schuhe.
Ich setze mich auf einen Stuhl und schaue professionell, das heißt, ich erstarre. Im Fernsehen habe ich das mal bei einer Talkrunde gesehen. Die

Anwesenden setzen sich und erstarren, sie schauen gerade aus und wirken total konzentriert.
Also konzentriere ich mich und mein Daumen nebst Zeigefinger nehmen Position ein. Wenn ich mich konzentriere muß ich drehen.
Irgendeinen Knopf gibt es an jedem meiner Outfits, leider.
Dudel, dudel, dudel.
Schon als Kind hat sich diese Leidenschaft herausgestellt. Ein Erlebnis aus meiner Schulzeit zeigt meinen hemmungslosen Umgang mit Drehbarem. Ich wuchs in einer lebhaften gutbürgerlichen Familie auf. Mutter, Vater, Oma, Opa und ich wohnten zusammen in einem kleinen Haus, das Opa zu seiner Hochzeit selbst aufgebaut hatte. Und wie man sich denken kann, wurde immer irgendwo gewerkelt. Wir hatten alles, was wir brauchten, mussten aber aufs Geld achten. Also gingen wir sehr pfleglich mit unseren Sachen um.
Beim Wechsel auf die höhere Schule, wie es damals hieß, kaufte Mutti mir einen wunderschönen bunten Mantel. Bunte Blüten rankten auf hellem Grund. Ein absoluter Blickfang waren vier große Knöpfe, die aus Perlmutt in der Sonne glänzten.
Ich war sofort in diesen Mantel vernarrt.
Schon beim Aufstehen freute ich mich. Heute wird mein großer Tag, die neue Schule ruft.
Ich kämmte meine Locken besonders gründlich und putzte mich fein heraus. Der Höhepunkt nach einem leckeren Frühstück war mein Blütentraum, das Mäntelchen mit den Perlmuttknöpfen. Meine Mutter half mir mit dem Schulranzen. Noch meine Fahrkarte und schon ging es los. Mutter blieb an der Bushaltestelle stehen und ich fuhr allein los, in die

Stadt – oh, wie war ich aufgeregt. Das Einsteigen in den riesigen Bus fiel mir leicht. Schnell hüpfte ich die hohen Stufen empor und hatte sogleich einen Platz am Fenster. Beim Ablegen des Ranzens achtete ich sehr darauf, dass der Stoff nirgends einriss.
Klappte wunderbar. Interessiert nahm ich die vorbeirauschende Landschaft ins Visier. Es gab ja so viel zu sehen. Die netten Häuser unseres Dorfes mit den gepflegten Vorgärten. Ein kleines Waldstück mit einem Weiher, bunte Blumenwiesen und eilende Menschen machten meine Beobachtungen spannend. Ein großer Raubvogel hielt Ausschau nach seinem Frühstück. Was er wohl mochte? Ein Mäuschen. Ein helles Plong unterbrach meine Augenexkursion und ich sah meinen Perlmuttknopf in Richtung Füße rollen. Oh nein. Wie konnte das passieren?
Beladen mit dem sperrigen Kasten auf dem Rücken versuchte ich den Ausreißer zu erwischen. Nach langem Rumwuseln hatte ich ihn dann doch geschnappt. Gott sei Dank. Nicht auszudenken, wenn ich nur mit drei Knöpfen nach Hause gekommen wäre. Sehr wahrscheinlich hätte es keinen Mantel mehr, sondern nur einen Anorak oder Schlimmeres gegeben. Also Annabell, pass auf.
In der Schule stellten wir Schüler uns auf. Je 30 gingen zusammen in eine Klasse.
Ich war etwas aufgeregt und drehte verlegen an einem Knopf. Nur ein wenig, eigentlich langsam, aber es reichte aus, ihn nach zehn Minuten in der Hand zu halten.
Na super, toll gemacht. Schnell steckte ich ihn in die Manteltasche.
Heute war alles neu, die Mitschüler, die Lehrer –

einfach alles. Nach drei Stunden war der Unterricht vorbei und ich war erleichtert. Hat doch alles prima geklappt. Ich zog meinen Mantel an, schwang den Ranzen auf den Rücken und schon hörte ich ein leises Reissen, ein merkwürdiger Ton begleitete den katapultartigen Flug meines obersten Knopfes. Ich konnte es nicht glauben. Der obere Knopf war abgerissen. Ich hatte gar nichts gemacht.
Plopp – weg.
Egal.
Ich rannte zum Bus, fuhr nach Hause und betrachtete den sich eintrübenden Himmel. Hoffentlich hielt das Wetter und ich würde nicht nass werden. Doch welch ein Glück – ich schaffte es gerade bis zu unserer Haustür mit dem geschwungenen Kunstschmiedegitter. Als ein Platzregen niederprasselte, drückte ich mich gegen die Tür und klingelte Sturm.
Zum Glück öffnete meine Mutter schnell die Tür und ich als ich merkte, dass ich hänge....
Es war nicht zu glauben, aber mein neuer wunderschöner Mantel verhedderte sich in der mittleren Kunstschmiedeschnecke und Mutters Schwung riss den Letzten der Mohikaner ab. Besser hätte es nicht kommen dürfen. Meine Mutter nahm meinen Mantel an sich und versprach, sämtliche Knöpfe zu kontrollieren und richtig fest anzunähen.
Ich griff in meine Manteltasche und legte drei Knöpfe dazu. Sie leuchteten wie Gold. Mutter und ich sahen uns an und wir prusteten los.
Wir lachten und lachten und lachten. Schließlich gingen wir eingehakt in die Küche und beim Essen konnte ich meine Erlebnisse erzählen. Es wurde ein ausgelassenes Essen, wir lachten bis uns die Tränen über die Wangen

liefen und freuten uns miteinander über den ersten Tag an der neuen Schule.
Soviel zum Knopfdrehen.
Die Einleitung meines Chefs ist kurz, dann kann ich beginnen, die Statistik vorzulesen. Alle Augen ruhen auf mir. Mir wird heiß.
Geschmeidig wie eine Anakonda drehe ich mich in die Höhe und lege die Folie auf den Projektor. Alle schauen mich an. Ich hasse diese Situationen, in denen man bekennen muss. Also versuche ich, die Augen der Kollegen schnell auf die Projektionswand umzuleiten. Ich tippe mit dem Laserpointer auf unser Firmenlogo und die Augen folgen.
Ich zeige auf die neuesten Ergebnisse und will gerade ein kurzes Statement abgeben, als ich merke, dass ich kleiner werde, ich versinke leicht und sacke ein.
Dummerweise habe ich mich auf das schöne bunte Mulchbeet gestellt und meine Absätze sinken nach unten. Sie dringen in den Mulch ein.
Gleichzeitig steigt ein leicht erdiger muffeliger Geruch auf. Oh nein, der Mulch ist frisch und ich latsche rein.. Es riecht nach Verwesung. Habe ich in die Hölle gepiekst? Toll gemacht, besser kann es nicht kommen.
Denkste, es kann besser kommen.
Ich versuche mein Gewicht nach vorne zu verlagern, um meine Absätze aus dem Mulch zu ziehen. Dabei rede ich gekonnt über die neueste Ergebnisreihe. Hätte gar nicht gedacht, dass ich so toll zweigleisig kann.
Kann ich auch nicht. Wusste ich aber nicht.
Ich rede und verlagere, als ich merke, wie ich den Halt verliere und nach vorne falle.
Zum Glück steht zu meiner Rechten ein kleiner Tisch mit Getränken und Fingerfood.

Eine wunderbare Sache, bei der man weder Teller noch Besteck braucht. Nur Servietten und die liegen reichlich bereit. Fingerfood ist für diese Art von Veranstaltungen super geeignet. Klein, fein, lecker.
Aber dann. Es kommt, wie es kommen muss. Ich kralle mich an der Tischkante fest, um meine Balance wieder herzustellen, als ein Hauch frisch gemahlenem Pfeffer meine Nase reizt. Mit einem lauten Nieser drückt sich die Tischplatte nach oben.
Es klirrt und scheppert, weiße Papierflieger überholen bunte Suppenlöffel. Kleine erlesene Kunstwerke der gehobenen Küche, drapiert auf einem gekrümmten Suppenlöffel schießen in alle Richtungen. Es herrscht Krieg am kalten Büffet.
Dann geschieht alles gleichzeitig.
Ich falle aus den Schuhen auf die Orchideeninsel.
Meine Schuhe stecken im Mulch fest.
Tief atme ich den erdigen Mulchgeruch ein. Eine lila Orchideenrispe hängt an meiner Schulter, auf meiner Stirn klebt eine Blüte. Ich fühle mich wie auf Hawaii. Die Kollegen springen auf und versuchen die Flugobjekte zu fangen oder aufzuheben. Unser Chef springt nach hinten, um sich in Sicherheit zu bringen. Na klar, er ist ein Held. Alle versuchen nicht in die Häppchen zu treten.
Ich bleibe einfach liegen.
Mir ist gleichzeitig zum Lachen und zum Weinen zumute. Es herrscht eine tödliche Stille, nur die im Mulch verstreuten Sprudelflaschen zischen leise vor sich hin. Die dicke Anakonda schlängelt sich nach oben. Traurig hängen die Orchideenrispen um meinen Kopf.
Aloha – in Hawaii könnte ich so geschmückt zum Tanz.

In unserer Firma hat niemand ein Auge für diesen botanischen Schmuck. Alle schauen nur entsetzt.
Ich komme nicht hoch. Nirgendwo kann ich mich festhalten. Es braucht drei Kollegen, um mich nach oben zu ziehen.
Peinlich, peinlich, peinlich. Die Zusammenkunft findet weiter ohne mich statt. Ich trolle mich in mein Büro. Durch das weit geöffnete Fenster atme ich die reine Luft, ohne Verwesung. Langsam beruhige ich mich.
Das kann ja jedem mal passieren. Ein Ausrutscher, ein Hinfallen, ein Missgeschick.
Nur bei dicken Leuten ist es peinlich. Ich wusste gar nicht, wie unbeweglich ich bin. Jetzt weiß ich es. Liege ich mal wie ein Kartoffelkäfer auf dem Rücken, ist es aus. Ich kann mich rollen, Beine anziehen, Bauch einziehen aber ich komme nicht mehr auf die Beine.
Nun ja, die Kollegen haben wieder Stoff zum Lästern. Könnte mir egal sein, ist es aber nicht. Auf die gut gemeinten Ratschläge, Ernährungstipps und sonstigen Boshaftigkeiten habe ich keine Lust.
Ich werde was ändern. Freiwillig. Schon Morgen. Also, Dickie Hoppenstett, auf ins nächste Trainingscenter.
Gemischtes Center für Männer und Frauen.
Hausfrauen, Pensionäre und Arbeitnehmer mit Figurproblemen. Mulchtaucher und Fingerfood-Umherschiesser.
Ich finde im Internet ein geeignetes Fitnesscenter ganz in meiner Nähe.
Nachtigallenweg, Frankfurt Süd.
Auf, auf, ich fahre hin.
Schon geht der Stress los. Noch bevor ich auch nur einen Fuß in das Studio gesetzt habe.
Es gibt keinen Parkplatz!

Wie kann es sein, dass sportive Menschen so dicht am Studio parken. Ich bin ja eine traurige Figur, Anfängerin im Sport und dazu noch in der Anfangsphase. Eine kleine Lücke direkt vor dem Eingang zum Fitnesscenter erweist sich als zu klein. Selbst für mein Auto war sie zu klein.
Super.
Ich versuche es an einer anderen Stelle erneut. Ein paar Häuser weiter gibt es einen kleinen Park mit 2 Parkplätzen davor. Na prima, geschafft. Das Fitnesscenter liegt einladend und erleuchtet vor mir. Nobel, nobel, denke ich. Passe ich dahin? Mit meinem VW Polo habe ich nur wenig zu bieten. Um den, aus dem Fenster blickenden Fitnesshühnern etwas zu bieten, lasse ich mein Dach automatisch aufklappen, schließlich ist mein Kleiner ja ein Cabrio, naja, das Dach lässt sich halt öffnen. Aber immer hin. Cabrio ist Cabrio.
Ich schließe meine Scheibe an der Fahrerseite und schwinge mich umständlich aus dem Wagen. Ich greife auf den Beifahrersitz, wo meine neue indische Ledertasche vom Flohmarkt steht. Diese darf mich ab jetzt zu meinem Training begleiten.
Ich bin aufgeregt und ängstlich. Habe ich Hemmungen? Na klar, megaviele.
Ein forscher Blick in den Außenspiegel verrät mein ordentliches Make up und ich reibe meine Lippen gegeneinander, um den Glanz meines rosa Lippenstiftes zu erhöhen.
Ich fühle mich aufgeregt, hübsch zurecht gemacht, einfach unwiderstehlich. Positiv denken, Annabell!
Meine Füße stecken in neuen Turnschuhen, die weiß vom strahlenden Türkis meines neuen Turnanzuges

abstechen. Ich habe ja viel suchen müssen, um
überhaupt einen Turnanzug zu bekommen. In
Übergröße eine Rarität. Und dann auch noch in Türkis,
der Himmel! Mit Schwung schließe ich die Autotür und
meine neue Tasche entwickelt ein Eigenleben, sie
springt in die Büsche. Na toll. Ich bücke mich und
versuche die Tasche zu erreichen. Auf dem glitschigen
Boden des Parks, direkt unter den Bäumen, gar nicht so
einfach. Duftende Sträucher umgeben mich. Wie
hübsch sie aussehen, diese kleinen bunten Blüten. Ein
Schild weist auf den Namen hin, Pfaffenhütchen, wie
nett.
Der Schönheit des Pfaffenhütchens wird man am
schnellsten gewahr, wenn man ihm, wie ich auf dem
Boden kniend, sehr nahe kommt.
Na prima. Ich stehe gebückt da, hangele nach der
Tasche und biege die Zweige auseinander. Von oben
streichelt ein kleiner Zweig mein Haar und schon hänge
ich fest. Ich zerre an dem Zweig, indem sich meine
Haare verfangen haben. Genau in diesem Augenblick
klatscht mir ein kleines pinkfarbenes
Pfaffenhutblümchen ins rechte Auge.
Nur nicht reiben, denke ich, aber es ist schon zu spät.
Genussvoll muss ich, vom Innersten getrieben, meine
Speckfaust ans Auge reiben.
Kleine Tränen kullern über meine Wangen und
versinken, leicht geschwärzt, im Ausschnitt meines
neuen Turnanzugjäckchens. Meine linke Hand
umklammert das Täschchen und ich schüttele mich aus
dem Zweig. Jetzt sehe ich bestimmt super aus.
Ein Blick in den Außenspiegel lässt mich
zusammenzucken. Ich wußte es.
Make up war mal schöner, Lippenstift verschmiert,

Augen schwarz gerieben, aber nur außen, innen sind sie gerötet, als hätte ich mit einem Fernrohr in die Hölle geblickt.
Oh nein, jetzt soll ich so demoliert ins Training gehen? Menschenskind, ich werde wütend – ich hasse Sport, ich hasse Fitnessstudios, ich hasse dünne Frauen, ich hasse mich.
Ich suche nur eine Ausrede, weil ich keine Lust habe. Eigentlich will ich nur verduften. Abhauen, nur weg von hier. Ich bin ein Feigling!
Scheu blicke zum Fenster des Studios, aber ich sehe niemanden mehr.
Glück gehabt.
Ich fasse allen Mut zusammen. Auf geht's.
Wo sind denn alle? Vorhin waren doch welche an den Fenstern. Oder war das eine Fata Morgana? Angstgespinnste? Faulheitsalbträume?
Sie liegen vielleicht herum und wellnessen. Auch so ein moderner Begriff. Wellness. Tu dir was Gutes, mach Wellness. Ich hasse diesen Begriff.
Ab und zu braucht man ja etwas fürs Gemüt und die Seele. Ja, ja, geb ich ja zu. Eigentlich habe ich nur keine Lust, in dieses Center zu gehen.
Wenn ich jetzt nicht hineingehe, gehe ich nie mehr. Ich bin der Trainingsmuffel der Nation. Überwinde dich, Annabell!
Ich hasse es jetzt schon, aber ich gebe ihm eine Chance. Ich atme tief ein und aus und rein. Geschafft, ich bin drin.
Der Flur duftet nach grünen Äpfeln. Ich versuche mit Eleganz einen sportlichen Schritt vorzulegen. Warum nur pfeifen meine Lungen so laut. Es war bestimmt das Gift, das ich durch die Blüte des Baumes in mein Auge

gerieben hatte. Meine Ohren verraten meinen Puls. Ich höre meine Pulsfrequenz.
Eigentlich prima, denke ich, dann brauche ich keine Pulsuhr auszuleihen. Haha.
Meine Hüften schwingen leicht beim Hinaufgehen. Das habe ich bei Audrey Hepburn gesehen und versuche es nachzuahmen.
Rechts Schwung, links Schwung. Klappt doch prima. Ich habe das Allerheiligste des Studios erreicht – den riesigen bunten Bartresen.
Ein gut aussehender Chippendale schlenkert auf mich zu und schnappt sich meine Inderin. „Halloho, wie geht's, hab dich schon erwartet, Termin zum Probetraining, stimmt's? flötet er mir ins Ohr. Mein Name ist David, ich bin dein Trainer. Und du, wie ist dein Name?"
„Annabell," sage ich artig und will gerade erklären, dass ich gar nicht angerufen habe, aber er quatscht schon los.
„Na, du bist mir aber Eine. Habe schon durch das Fenster gesehen, wie du dich schon warm gestretcht und einige Falldowns gemacht hast. Super, wirklich gut." Zum Glück weiß er nicht, was wirklich neben meinem Auto passiert war.
Ha, er denkt, ich habe mich aufgewärmt. Na gut. Ich kläre ihn nicht auf. Er zeigt mir meinen Spind und misst meine Körperhöhe und Armlänge. Warum?
Wenn er jetzt noch mit einer Waage kommt, gehe ich heim. Ich hasse Waagen.
Er strahlt mich an. „Ich werfe mir nur noch eine Jacke über und wir können losgehen."
Losgehen? Wohin?
Supermann enteilt, ich stehe wie vom Blitz getroffen an

der Bar. Jetzt mal langsam die Dinge ordnen.
Also.
1. Ich will in ein Fitnesstudio gehen.
2. Ich blamiere mich schon auf dem Parkplatz.
3. Niemand weiß (außer meinem inneren Schweinehund), dass ich heute hier erscheine.
4. Bis vor einer Minute wusste ich selbst noch nicht, ob ich hineingehe.
Also, was meinte denn nun diese Sportskanone?
Zu spät. Mr. Sport steuert mich an. „Alles klar - kann losgehen. Ich habe schon einige Stöcke ausgesucht, wir probieren sie gleich vor der Tür." Sprachs und schiebt mich Richtung Ausgang.
Was passiert hier?
Annabell, konzentrier dich.
Habe ich irgendwas mit jemandem verabredet - nein.
Will ich irgend etwas in diesem Studio machen - nein, nur heute nein, heute nur gucken.
Hat mich Mr. Werfmichum nicht auch geduzt - natürlich, also eine Verwechslung.
Na Gott sei Dank.
Und ich dachte schon, ich müsste heute was machen. Vielleicht einen guten Eindruck. Haha, ist ja prima gelungen.
Also werde ich die Sache aufklären. Ich drehe mich zu ihm um. Der immer strahlende Adonis lächelt mich an. „Na Süße, dann wollen wir mal."
Es gibt Dinge, die mich auf Standby stellen. Und diese Anmache gehört dazu. Ich stehe sonst mit zwei (strammen) Beinen im Leben und kann mich sehr gut wehren. Eigentlich brauche ich mich nicht zu wehren, weil ja niemand etwas von mir will.
Und nun.

Wie ein Schaf, mit zerzaustem Fell, bleibe ich vor meinem Meister stehen und lass mir zwei Stöcke in die Hand drücken." Ich habe gleich gesehen, das du die neue Walkingmaus sein musst. Nur Walker schwingen sich so aus dem Auto und wärmen sich mit intensiven Liegestützen."
Oh Gott, er traut mir Liegestütze zu. Wie toll.
Soll ich nun sagen, wie es wirklich war, schnell alles aufklären. Aber zu spät.
Mr. Wunderbar nimmt meine Hand und schiebt sanft den Haltegriff in die richtige Position. Ich spüre eine leichte innere Erregung. Ganz schön behutsam, der Knabe, denke ich noch, da schiebt er mich auch schon rückwärts an seine Brust. Das bisschen Atemluft, das mir zur Verfügung stand, entweicht erschreckt.
Ich rieche seinen Duft oder war es der moosige Waldgeruch des Outdoorsportlers? Oder Duft und Waldgeruch? Auf keinen Fall Mulchgeruch. Ich bin wie in Hypnose. Auf Drogen.
Das glaubt mir beim Damenkaffeekränzchen kein Mensch - es ist wie im Film.
Wenn auch in einem extrem kitschigen.
Dicke Frau umarmt von Supermann. Ein Highlight. Spannung pur.
Ich muss auf die Toilette. Meine nervöse Blase drückt oder spüre ich etwa erotische Extase? Nein, es ist doch nur das elektrolytische zuckerfreie Getränk, das ich vorhin zu Hause noch schnell getrunken habe. Wegen meiner ständigen Wadenkrämpfe.
Was soll ich tun? Adonis in die Arme sinken, seinen Geruch einsaugen, seine festen Schenkel ertasten, seine stahlharten Arme um meinen Körper fühlen oder einfach nur zur Toilette gehen ?

Andererseits kann ich immer, wenn ich will zur Toilette. Jeden Tag, siebenmal die Woche. Unendlich oft. Aber einen solchen Körper zentimeterdicht an sich gepresst fühlen und so weiter, kann ich sonst nie.
Meine Gedanken rasen.
Was tun?
Ich denke, jede normale Frau wüsste die Situation zu nutzen, ich nicht. Ich bin außer Übung. Ich bin nur dick und doof.
Ich bin zu blöd und auch zu kurzatmig.
Hätte ich nur schon vorher was sportliches gemacht. Dann könnte ich ihn verblüffen. Vielleicht meine Muskeln spielen lassen, dass er die knackige Schönheit meines Körpers förmlich spürt.
Zu spät, versagt, wie kann es auch anders sein. Adonis atmet mir noch einmal warm in den Nacken und klatscht mir leicht auf den Po.
Auf geht's, Mausi.
Übrigens, ich heiße David, habe ich das schon gesagt?
- Hitzewallung, Hitzewallung -
„Ich denke," sagt er, „wir probieren heute mal die Kurzstrecke von 5 km und versuchen uns einzugliedern."
Beim Wort „gliedern" schwirren meine Ohren, meine Megabrüste stellen sich auf und ich gehe, stark aufgewühlt, gehorsam neben ihm her.
- Hitzewallung, Hitzewallung -
Gefühlt stundenlang hechele ich hinter dem fremden Kerl her.
Mit zwei Alustöcken, die so eng an meine Hände fest geknebelt sind, dass ich sie sehr wahrscheinlich ein Leben lang mitnehmen muss. Angewachsen.
Rechts, links, Arme gegengleich. Was mache ich da?

Kann mir einer verraten, was ich hier mache.
Langsam normalisiert sich die Lage, ich versuche schneller zu werden und gewöhne mich daran. Ich renne, als wäre die Hölle geöffnet worden und der Teufel versucht mich zu schnappen.
Spinne ich oder was ist mit mir los? Nein, ich mache Sport.
Je müder ich werde, umso klarer werden meine Gedanken. Wir haben schon eine kilometerlange Strecke hinter uns und ich weiß nun mit absoluter Klarheit - ich bin nicht nur doof, sondern megadoof. Warum habe ich nicht gesagt, dass ich nicht die Person bin, auf die er gewartet hat. Sein Termin steht bestimmt verstimmt am Tresen. Meine Energie ist alle, ich bin k.o. Geschafft. Das schadet mir nichts.
Ungeheuer.
Eigennutz.
Miese Tussi.
Ich will nur noch nach Hause.

Biotonne

Auf der Heimfahrt ist mir mein kleiner Wagen zu eng. Alles drückt mich und schiebt mich zusammen. Zum Glück bin ich gleich daheim.
Nur noch unter die Dusche und auf die Couch.
Was hat mein Internist mir gesagt? Was soll ich beachten?
Ich höre ihn in seiner tiefen Stimmlage sagen: „Sie müssen die Balance finden. Ein diabetischer Stoffwechsel wird träge und braucht was zu tun. Essen sie gesund. Viel Gemüse und wenig Kohlenhydrate. Wenig Obst bis der Speck geschmolzen ist, wegen des Zuckers. Salate in jeder Form, mageres Fleisch, Fisch und Käse. Meerestiere, Milch und gutes Öl. Sie können gerne etwas zusätzliches Öl auf ihre Salate geben, damit sich die Vitamine auch voll entfalten können."
Damit ich eine Vorstellung davon habe, was wo drin ist, mache ich einen Ernährungskurs bei seiner Frau. Krankenschwester, Ernährungscoach, willensstarke nordische Schönheit, die mit unendlicher Geduld erklärt, erörtert, lehrt und berät. Ich höre, lerne und warte darauf, dass sie die wahren Worte findet – „Friss nicht so viel, du fette Kuh!"
Na bravo. Überall lauern Fettfallen. Das ist mir einfach zu kompliziert. Ich bin wie ich bin und entfalte mein Fett, wo und wann und wie ich will! Basta.
Ich bin gemein! Ich hasse mich!
Ich sitze hungrig in meinem Auto und überlege, was ich auf die Schnelle essen kann. Mein Blick streift den Einkauf auf der Rückbank.
Nur Dreck in der Tüte.

Die Bezeichnung „Dreck" ist für diese supergesunde Bioware natürlich nicht der geeignete Fachbegriff. Aber das ist mir egal - ich habe jetzt Hunger.
Mein Bauch erarbeitet sekundenschnell kreative Ernährungsmodule, die akkurat in mein neues Essverhalten passen würden.
Aber, verdammt noch mal, mein ausgeleierter Magen, diese Knalltüte, hat noch nichts von der neuen Strategie mitbekommen und sendet deshalb permanent Hungersignale aus.
Um seine Autorität zu verstärken, bemüht er sich auch, akustische Signale in Form von grummeligen Tönen, im Staccato abgesandt, abzugeben.
Ich fasse es nicht. Meine Organe beginnen einen Krieg, melden sich zu Wort und singen.
Es ist doch logisch, dass, wenn ich mich auf gesunde Ernährung programmiert habe, alle mitmachen müssen. Sie wollen aber nicht.
Ich fahre rechts an die Straße ran und wühle einhändig rechts in meiner Tüte auf der Rückbank.
Fast hätte ich eine orangefarbene Paprika erreicht, als das Feuerschwert meines neuen Gesundheitsgewissens mir in den Zeigefinger schneidet. Tränen steigen in meine Augen und ich ziehe den Finger schnell zurück.
Was war denn das? Ich öffne die Fahrertür, um mit dem Finger, mittlerweile im Mund vergraben, nachzusehen, welche Messer oder scharfen Klingen meinen Biosack in eine genussfreie Zone gemacht haben.
Beim Anheben meiner Beine spüre ich die gewalkten Kilometer gewaltig. Meine zarten, stets gepflegten Beinchen heben sich wie aufgeblasene Kalebassen zentnerschwer.
Ich stöhne ein wenig und versuche die hintere Autotür

zu erreichen. Mühsam biegt sich mein Kreuz nach oben und ich stakse zwei Schritte mit der Geschmeidigkeit einer 120-Jährigen nach hinten.
Oh Gott, hilf mir.
Wie durch ein Wunder kann ich die zwei Schritte absolvieren. Meine Zugehörigkeit zur Kirche hat sich in diesen Momenten merklich gelohnt. Mir fallen auf der Stelle mehrere Gebete zu diversen Heiligen und dem Chef persönlich ein. Da der Weg sehr kurz ist, reicht ein Stoßgebet und ich erreiche die hintere Tür.
Gott sei Dank.
Erneut steigen Tränen auf, als ich versuche den Türgriff zu drücken. Lavaströme ziehen fröhlich in meinen Armen hin und her.
Durchhalten, weiter, immer dem inneren Auftrag nach.
Eigentlich kaufe ich gerne in dem kleinen Bioladen. Alles steht sauber, geordet und deklariert in trauter Runde. Ich mag es besonders, dass kleine Schildchen die Namen und das Herkunftsland verraten. Alles wirkt gepflegt und rein, auch wenn einige Gemüsesorten einen schrumpeligen Ausdruck an den Tag legen.
Der Biosack hebt sich in seiner weißen Reinheit deutlich von dem grauen Polster ab. Beim Öffnen sehe ich ein kleines Schild unschuldig an der Paprika hängen.
Aufdruck - „Ich bin ungespritzt und ich tue dir gut."
Na bravo, das habe ich vorhin gemerkt. Das kleine Schildchen ist artgerecht mit einem kleinen Sisalschnürchen festgebunden. Und Sisal schneidet. Vielleicht Biosisal weniger, aber egal, mein Finger brennt und ich hasse Bio.
Sofort fällt mir das Gespräch mit einer rundlichen Dame im Bioladen ein. Sie hatte sich geschickt

vorgedrängt, um die verzauberte, elfengleiche Gemüsefee mit ihren Weisheiten zu beglücken.
„Wir essen nur Biologisches. Gesunde Vielfalt. Sehen sie, in meiner Küche wird ausschließlich Bio verarbeitet. Die Entsorgung der Gemüsereste ist auch kein Problem, wir füttern damit die Hirsche." Beim Wort „Hirsche" betrachte ich mein Gegenüber. Riesige, grell grüne Zeltbahnen umhüllen die hirschfreundliche Gestalt und ich denke an den nächsten Dienstag, an dem ich meine Biotonne rausstellen muss.
Zum Glück kann mein Gegenüber keine Gedanken lesen, sonst hätte sie mir eine geknallt.
„Wie können sie es wagen, mich mit einer Biotonne in Verbindung zu bringen," würde sie sagen.
„Unverschämtheit. Frechheit."
Ein warmes Gefühl zieht in meinen Magen ein. Ich muss lachen.
Ich stelle fest, Hunger macht Halluzinationen und verrückte Gedanken.
Die Paprika und ein Bund Radieschen dürfen zu mir auf den Vordersitz. Zwei Radieschen, ein kleines Stück Paprika, hm, das schmeckt doch. Langsam werde ich wieder lebendig und ich versuche zu summen.
Mein trockener Mund klebt unangenehm. Ich habe Durst, großen Durst. Dann nehme ich die Vorzüge meines Radios an. Ein kleiner Druck mit dem lädierten Fingerchen und schon ergießt sich ein heißer Rhythmus in meinen Wagen.
Mittlerweile haben sich die Paprika und die Radieschen verabschiedet und ich fühle mich etwas satter.
Der Sound gefällt mir und ich singe mit.
Dicke Mädchen haben schöne Namen...Wie geht der

Text? Dicke Mädchen haben schöne Namen... Die Welt ist gemein, meine Stimmung sinkt wieder. Wäre ich dünn, könnte ich schadenfroh mitsingen, aber so fällt mir zu dem Text nichts Positives ein.
Gibt es eigentlich ein Lied über Männer mit Bauch? Menschen mit dünnem Haar? Über abartig Hässliche? Nein, natürlich nicht. Nur über Dicke!!
Zu Hause angekommen habe ich nur einen Wunsch - duschen und ab in den Hausanzug.
Im Flur platziere ich meine Gesundfoodtüte direkt vor der Küche.
Ein Riesentopf für Faule steht bereits auf der Herdplatte und ich werfe meinen Blumenkohl ohne große Ikebanakunst, also kreatives Herausschälen der einzelnen Röschen, hinein. Kurz abbrausen und auf Turbo stellen, ein bisschen Gewürz dazu und Action. Rechts eine Ananas, links eine Zitrone und rollen, rollen, rollen. Rechts wird sich nachher die Schale besser ablösen lassen, ein königlicher Nachtisch und links zentriert sich der Zitronensaft, um als „heiße Zitrone" mein Sportlergemüt aufzuheizen.
Das Wasser perlt um meinen Körper und ich achte darauf, dass alle, auch die strategisch ungünstig gelegenen Röllchen, reinlich gesäubert werden. Mein momentaner Duschliebling ist ein Kaffeeduschgel aus ökologischem Anbau ohne Tierversuche. Darauf achte ich streng.
Ich schiebe meine kleine Speckfaust in einen Peelinghandschuh für Zwerge und rubbele meinen Körper ab. Wie angenehm.
Der Kaffeeduft beflügelt meine Sinne und ich erinnere mich an eine Werbung aus der Kinderzeit. Ein großer dunkler Herr im Nadelzwirn wirbt für seine

Qualitätsbohnen aus Brasilien. Ich kann den Geschmack des feinen Stöffchens schon förmlich schmecken als ein kleiner unangenehmer Geruch in meine Nase steigt.
Ländlich robust und raumeinnehmend meldet sich mein Gemüsearrangement aus der Küche.

Schönheitskönigin

Ich unterbreche meine Schönheitsmaßnahmen und eile zu meinem Handtuch.
Da sich mein Körper nach dem Duschen ausdehnt, dauert es schon eine Weile, bis ich alle greifbaren Stellen abgerubbelt habe. Für die unzugänglichen Stellen im Parterre habe ich einen Supertrick.
Ich nehme mein längstes Handtuch und schon geht`s los. Ich turne mit dem Tuch hin und her und trockne alle sich stets bedeckt haltenden Stellen ab. Wären meine Arme etwas länger und ich 15 kg leichter, könnte ich mit einem Waschläppchen alle Teile erreichen. Aber so...
Nun noch föhnen.
Die Haare werden schnell trocken. Wie schon erwähnt ist ihre Struktur sehr seidig, dünnes Engelshaar halt. Na ja, man kann nicht alles haben - dafür trocknen meine sehr schnell. Ich föhne anschließend meinen Körper. Sehr intensiv und mit Genuss.
Ich finde es sehr schade, dass viele Frauen nicht wissen, wie schädlich feuchte Partien sind. Also schnell unter die Brüste pusten und abschließend die Bauchfalte.
Oh, was für ein hässliches Wort.
Es ist eigentlich die Abschlussregion des Bauches und der Beginn der Intimregion.
Um den Namen Bauchfalte hat sich bis dato niemand Gedanken gemacht, da die Region unpopulär ist. Dünne Menschen meiden den Begriff, da ihr ausgemergelter Körper fast überall straff erscheint und dicke Menschen wollen sich einem Fettgebirge gegenüber nicht äußern.

Es ist ihnen nur peinlich.
Also föhne ich diese Unglückszone und stelle fest, dass mein Bauchgewebe an dieser Stelle eine neue Form bekommt. Der rund hängende Bauch, also die runde Speckrolle, fängt an sich zu teilen. Mittig wird die Rolle straff.
Ich fasse es nicht. Sollte das heißen, dass sich mein Bauch zurückzieht oder ändert er nur seine Form. Wenn sich die Mitte also stetig strafft und glatt wird, ragen rechts und links zwei Berge vor. Eine neue Brust im Erdgeschoss - oh Gott. Da bekommt der Begriff Doppelkörbchen eine ganz neue Dimension. Ich werde verrückt. Kann ich nur noch ans Abnehmen denken? Welch ein Wahn! Eigentlich mag ich meinen Körper. Aber momentan bin ich total von der Rolle. Warum bloß? Warum kann ich nur ans Abnehmen denken? Warum muss ich mich ständig beobachten?
Finde ich jetzt etwas Schönes an mir oder nicht?
Ich denke an die Praxis und die guten Ratschläge, die ich dort bekommen habe.
Elegant, stilvoll, angenehm. Eine exklusive Stimmung mischt sich mit der Aufregung. Sie wartet schon auf mich, die Waage. Edel belegt mit einem kleinen Papiertüchlein. Aber was nutzt es mir. Meine Stimmung ist mies. Sogar der freundliche Empfang von Frau Seidel konnte mich nicht aufheitern. Sie sind alle sehr bemüht um mich, wie um jede Patientin. Egal ob du alleine auf dem Bänkchen sitzt als „Adipöse" oder drei „Bulimische" auf der etwa genau so großen Fläche, wir fürchten uns. Alle. Vor der Wahrheit. Es ist ja nun kein Geheimnis, dass das Übergewicht eine Ursache hat, meistens Fresssucht, Völlerei, Maßlosigkeit und Bewegungslähmung. Ich weiß das alles. Die anderen

auch.
Die Chefin der Ernährungspraxis nähert sich lautlos und wirft mir ein wissendes Auge zu. Es geht los, die Übungsstunde beginnt. Ernährung will gelernt sein. Also zuerst auf die Folterbank und das gnadenlose Messen beginnt. Wieviel Fett sitzt wo und warum. Die Elektroden beginnen ihre Arbeit und räumen alle Ausreden aus dem Weg. Ich weiß nicht, warum man gerade an solchen Tagen so dick ist. Das Wasser fließt ins Gewebe und nicht ab. Der Bauch ist gebläht und ich schaffe es nicht, ihn einzuziehen. Dabei presse ich meinen Blutdruck in astronomische Höhen, weil ich auch noch die Luft anhalte. Die Messung verrät mich eiskalt. Und dann der Folterknecht, die Waage. Sie rast nach oben, ohne Aufenthalt, ohne Gnade.
Ich fühle mich wie der dickste Mensch der Welt. Ich muss was tun, so geht es nicht weiter.
Jedes Mal nehme ich mir viel vor und nichts gelingt. Jetzt kommt die Trainingsstunde im Separee. Umgeben von zahllosen Lebensmittelschachteln ermuntert mich die hübsche Madame Gâteau die Zusammensetzung der Lebensmittel aus Fetten und Eiweißen zu bestimmen. Ich schwitze. Das hätte ich nicht gedacht, soviel Fett in einer Pizza. Zum Finale hält sie mir gläserne Röhrchen mit Fetteinlagerungen vor die Nase, sie stellen meine Gefäße dar oder sowas. Das scharf geschnittene halblange Haar wippt leicht und unterstreicht die Wichtigkeit der Worte. Sie hat ja recht. Ich versuche es wieder mit dem Abnehmen. Wenn ich hier sitze wirkt alles leicht und einfach, erst wenn die große Glastür hinter mir ins Schloss fällt, geht's zur Sache. Dabei müsste ich doch jubeln. In dieser internistischen Praxis wurde mir zum ersten Mal im Leben gesagt, dass ich zu

wenig esse. Zu wenig von den guten Sachen. Und dabei hatte ich das gute Gefühl, angekommen zu sein. Raus aus dem Diätendschungel, rein ins bewusste gesunde Leben. Ich bin den wunderbaren Menschen der Praxis dankbar, mir den Weg gewiesen zu haben.
Und der ist steinig und mühsam. Manchmal könnte ich ausrasten. Ich bin so lahm und faul.
Ich creme und pflege und turne und achte und, und, und....
Arme Sau. Ich tue mir selbst leid.
Ich blicke noch etwas ratlos, als eine Kohlgeruchwolke mich in die Küche ruft.
Dicke Wolken hängen in der Küche, wo sich ein unangenehmer Geruch ausbreitet.
Schnell stelle ich den Ofen aus, Teller auf den Tisch, Mineralwasser öffnen, Glas aus dem Schrank zaubern und husch, husch ins Schlafzimmer.
Mein kuscheliger Lieblingshausanzug hüllt mich ein und ich bin für einen Augenblick glücklich.
Beim Hochziehen der Hose merke ich den flacheren Bauch.
Glück, Glück, Glück!
Annabell allein zu Haus.
Annabell mit dem fast flachen Bauch.
Annabell die Sportskanone wird es diesmal schaffen.
Annabell wird dünner.
Annabell wird normal – lalala!
Ich werde der glücklichste Mensch der Welt.
Hoffentlich.

Einbrecher

Ein lauter Klingelton direkt hinter meinem Rücken erschreckt mich gewaltig. Meine Nackenhaare stellen sich nach oben, auch die feinen Körperhärchen schließen sich an.
Die etwas weiter außerhalb angesiedelten Zehenhaare brauchen etwas länger, fühlen sich aber dennoch megaeklig an.
Mein Herz rast und ich springe aus dem Stand in den Flur.
Das laute schrille Geräusch endet nicht. Ich versuche meinen Schreck zu überwinden und sehe mich um.
Was um alles in der Welt bringt einen am Morgen ausgestellten Wecker dazu, einfach loszuschrillen und dann so laut. Ich renne in den Abstellraum und ergreife einen Holzstiel. Wo er herkommt ist mir egal, Hauptsache er liegt gut in der Hand. Der Wecker klingelt immer noch. Mein Herz rumpelt und springt im Dreivierteltakt.
Es handelt sich eindeutig um einen Einbrecher. Toller Trick. Die Alte zu Tode erschrecken und dann ab mit der Beute.
Ich versuche nur wenig zu atmen, um den Einbrecher nicht auf meine Spur zu bringen.
Also hinter die Tür stellen und nicht atmen. Ich keuche wie eine Dampflok. Es ist nicht zu glauben, jemand will mir ans Leder und ich schnaufe ihm die Spur. Je mehr ich versuche meinen Atem zu bändigen, umso mehr keuche ich.
Der Wecker klingelt weiter.
Ich muss den Wecker ausstellen. „Sofort!" dröhnt mein

Gehirn.
Dann kannst du ihn hören - den Verbrecher.
Ich werde mich an ihn heranschleichen und ihn mit dem Holzstiel niederschlagen. Aber wie? Wie komme ich hinter ihn?
Neuer Plan. Mein Gehirn rast wie mein Herz. Es bastelt unentwegt Vorschläge zum Überleben. Von vorne angehen - auf ihn werfen, dann zuschlagen. Oder zuschlagen und anschließend auf ihn werfen.
Hoffentlich riecht er nicht.
Nach all dem Stress jetzt noch einen stinkenden Penner angehen - ich schaffe nicht alles auf einmal. Also, Sprung aus dem Abstellraum, ja, ins Schlafzimmer rennen, geschafft, Wecker nehmen, ausstellen. Umschauen, Holzstiel hoch und... nichts. Wo ist das Schwein? Wehrlose dicke Sportlerinnen erschrecken und sich dann dünne machen. Sehr witzig, ein Wortspiel.
Ich sehe mich noch zweimal um - niemand zu sehen. Aber der Wecker ging doch los. Ich habe ihn doch gehört.
Ich bin doch nicht verrückt!
Ich pumpe große Mengen Luft in meine Lungen und bin zum Besenstiel erstarrt. Jeder Muskel wartet auf mein Zeichen, jede Sehne spannt sich bis zum Los. Ein leichter Schwindel zwingt mich ins Wohnzimmer zu gehen und mich hinzusetzen.
Komm raus, Mann. Ich warte.
Nichts.
Es geht mir etwas besser. Der Anschlag oder wie man es nennen soll scheint vorbei. Ich höre niemanden und sitze mit meinem Holzteil schon eine halbe Stunde hier. Langsam überlege ich: Wie kann es sein, dass ein

friedlicher weißer Wecker unerwartet und megaschrill anfängt zu schellen? Hat ihn jemand verstellt? Auf welche Uhrzeit war er programmiert? Oder hat sich irgend etwas ereignet, das ich jetzt aus Panik übersehen habe.
Ich nehme meinen ganzen Mut zusammen und, da sich ein leichter Hunger meldet, gehe in mein Schlafzimmer zurück. Der weiße Wecker blinzelt mich fröhlich an. Mein Schlafzimmer liegt aufgeräumt in einem Dornröschenschlaf. Alles korrekt an seinem Platz.
Jetzt wird mir einiges klar. Meine Haushaltsperle war da. Es ist ja Mittwoch. Ich bin erleichtert. Das Rätsel um den klingelnden Wecker ist gelöst.
Madame Staubwedel war da!
Uff, geschafft. Ich drehe meinen Hals nach rechts und links, um meine Verspannungen wegzustretchen. Wie kann man nur so ängstlich sein.
Erleichtert fülle ich meinen Teller mit köstlichem Blumenkohl und gönne mir noch einige Gürkchen aus dem Glas. Auf den Schreck leere ich noch zwei Gläser Mineralwasser und langsam beruhige ich mich wieder. Ich könnte nun über mich selbst lachen. Den Holzstiel betrachte ich mit leichtem Spott.
Just in dem Moment wird alles um mich herum dunkel. Von einer Sekunde zur nächsten sehe ich nur schwarz. Mein Herz setzt vor Schreck einen Schlag aus.
Ich versuche mich an die Wand zu tasten, um den Lichtschalter zu drücken, aber der Dimmer reagiert nicht. Ich öffne die Tür ein kleines Stück und taste im Flur über die Tapete. Weich und edel, denke ich noch, als ich den Doppelschalter ertaste. Zuerst fahre ich mit meinem, zum Glück dicken Finger, in die Steckdose, aber dann erstrahlt der Flur in klarem Licht.

Niemand zu sehen. Ich wandere durch das Haus und schaue hinter jede Tür. Nichts. Ich entdecke meinen Holzstiel und bringe ihn zum Esstisch.
Eigentlich wäre jetzt ein köstliches Mahl angesagt gewesen, aber mein Appetit ist weg.
Ich lege mich auf meine Couch und schalte den Fernseher an. Kochshow mit Lanz. Nächster Kanal. Heimatfilm - alle sitzen gemeinsam am Tisch und essen riesige Knödel. Nächster Kanal.
Lea Linster lehrt die hohe Schule der Kochkunst. Sie knetet und formt kleine Köstlichkeiten mit ihren flinken Händen. Bei jeder Umdrehung kommt mein leerer Magen mehr in Schwung. Mir reicht´s. Ich renne ins Schlafzimmer und frage mich, warum mich vorher niemand erschlagen hat. Dann wäre dieses Gefühl endlich weg. Es ist kein richtiger Hunger, sondern ein Beben. Zuerst ganz leicht, dann immer stärker werdend. Angenehm, nicht unangenehm. Verlangend, erotisierend.
Ich ziehe mir schicke Klamotten an und frage mich, ob mich der nicht anwesende Einbrecher durch das Fenster beobachtet hat. Kein Wunder, als ich vorhin so verschwitzt die Kleider fallen ließ, ist ihm vielleicht die Lust vergangen. Sogar der Wecker musste lachen und der Lampe beschlug es das Birnchen.
Klasse, wusste ich doch - es liegt nur an mir.

Carlo, mmh...

Ich gehe die paar Schritte zu Fuß, denke ich und setze mich in Bewegung. Der gekochte Blumenkohl ruht in einer Schüssel neben dem Herd. Ein kleines Restaurant ganz in der Nähe wird meinen Hunger stillen. Ich überlege, was ich mir bestellen soll. Zuerst fällt mir immer Schnitzel mit Pommes und Salat ein. Oder ein Steak mit gedünsteten Zwiebeln, Gemüseteller und Kroketten. Vielleicht sollte ich aber die leichte mediterrane Küche wählen - Lasagne oder Combinazione. Würde auch ohne Salat gehen. Dafür mit Brot. Köstliches, frisch gebackenes Weißbrot. Ein Dip dazu wäre nicht schlecht. Vielleicht Olivenquark und Antipasti. Die Schärfe könnte ich mit einem Tiramisu ablöschen. Müsste aber nicht sein. Eine Cassata mit einem Hauch Sahne und eine in dicke heiße Schokolade getauchte herzförmige Waffel.
Ich verspüre ein unglaubliches Wohlgefühl. Der Geruch feinsten Essens empfängt mich schon, als ich um die Ecke gehe.
Das wird mein Abend.
Gutgelaunt nehme ich die fünf Stufen der Haupttreppe gekonnt und sportlich. Da ich einige Eierköpfe mit stummen Augen aus der Gardine blicken sehe, gebe ich alles. Mein schwerer wohlgeformter Körper hüpft wie ein Gummiball nach oben. Ich spüre meine Muskeln oder so, ein leichtes Ziehen in den Beinen und im Geiste der olympischen Spiele schreite ich durchtrainiert in die Gaststube. Man blickt mir entgegen und nach. Ich steuere einen kleinen Tisch in der Mitte des Lokals an und sehe mich um.

Bewundernd applaudiert mir Carlo, der Ober, und eilt mir mit einer Karte entgegen. Hallo Bella, meine Schöne. Du siehst toll aus. Was hast du gemacht, du wirkst so leicht und athletisch. Ich straffe mich und beginne zu glühen. Er hat es gemerkt. Alle haben gemerkt, das ich mich geändert habe, sportlicher bin und besser esse.
Carlo will sogleich alles wissen. In welchem Studio bist du? Wer trainiert dich? Wie bist du darauf gekommen, deine Ernährung umzustellen? Warte, ich bring dir ein Eiswasser und dann erzähl mal.
Ich platze vor Stolz. Jemand will von mir, der unglaublich fetten Annabell, wissen wie man sich ernährt. Ich fasse es nicht. Sollte der Abend mich doch noch für alle ausgestandenen Strapazen belohnen?
Sollte er nicht und wollte er nicht.
Ich beginne also zu erzählen, wie ich mir überlegt hatte, meine Blutwerte kontrollieren zu lassen und das Ergebnis zeigte, dass mir Diabetes ins Haus stünde. Total verwunderlich wäre es nicht, da alle in meiner Familie mit dieser Krankheit belastet sind und waren. Ich zähle sie alle auf - Eltern, Großeltern mütterlicher und väterlicherseits, sogar mein Schwager. Dass der ja nur angeheiratet ist, störte in meiner abenteuerlichen Schilderung nicht.
In den Augen des Obers sehe ich einen Hauch von Mitgefühl blitzen. Wir kennen uns ja schon lange, aber er wusste bisher nicht, wie ich um mein Leben kämpfen musste.
Bei der Schilderung meines neuen Ernährungsplans mit gesunder Kost, viel Gemüse, etwas magerem Fleisch, Käse, Quark und wenig Kohlenhydraten, vor allem abends verboten und erst recht nach 18 Uhr sind die

verboten, muss Carlo zu einem anderen Tisch.
Ich beginne noch ganz mitgenommen von der sachlichen Schilderung ein wenig zu träumen. Ich schwimme auf einer Woge des Glücks. Im tiefen großen Ozean schwimme ich dahin. Mein enorm gewachsenes Selbstwertgefühl schwimmt an meiner Seite mit. Plötzlich sehe ich vor mir etwas Großes, Riesiges. Ein Schiff? Ein Ozeanriese mit 7 Restaurants auf verschiedenen Decks? Ein Schnitzel so groß wie eine Insel, mit Haaren aus Fritten und einem kleinen Damenbart aus Salatblättchen?
Ich wache mit Grauen auf. Wie kann ich nur von einem Schnitzel träumen, wo ich doch gerade von meiner Wunderkur so angeberisch geprahlt habe.
Keine Kohlenhydrate! Nie nach 18 Uhr! Auf gar keinen Fall! Ich könnte kotzen. In einem solchen Augenblick versagt meine gute Kinderstube. Ich versuche den angestauten Ärger wegzuatmen. Das geht, ich habe das mal gelesen.
Man atmet bewusst und denkt an die vergeigte Situation und dann, schwupp, löst sie sich auf.
Also atme ich. Und atme. Ganz langsam schlage ich die Karte auf.
Alles drin, was der normalgewichtige nicht diabetesgefährdete Besucher sich wünschen kann.
Vorspeisen - Suppen, aha, Suppen sind ausgeschlossen, meine Betriebstemperatur ist wegen des Ärgers bei 90 Grad angelangt. Also nichts. Weiter.
Carpaccio mit Beerenjus, aha, Beeren sind Obst, also nicht nach 18 Uhr und wenn dann nur mit einem Körbchen Brot, sonst ist mir das Carpaccio zu roh. Schinkenröllchen mit Meerrettich oder Remoulade an Stangenspargel mit frisch gebackenem Bauernbrot.

Na ja, Omamenü.
Ich blättere um.
Schnitzel in allen Arten und Varianten mit Saucen, blablabla, Fritten und so weiter.
Auf zur nächsten Seite.
Nudelspezialitäten. Genial, ich könnte alles wählen.
Vom Nachbartisch höre ich Carlo reden. Ja, sie macht eine Kur. Nein, dann bekommt sie keinen Zucker, also Diabetes.
Finde ich toll. Tolle Frau, wie die sich beherrscht.
Ich versuche nicht aufzuschauen. Mein Gefühl sagt mir, dass soeben gefühlt alle Restaurantbesucher mich ansehen. Mein Magen krampft. Ich greife mein Glas mit Eiswasser. Schade, dass ich nicht gehört habe, was man zu meiner Getränkewahl gesagt hat. Dabei hatte ich es gar nicht bestellt. Mineralwasser mit zwei Eiswürfeln und einem Hauch Zitrone. Ich hoffe, sie ist ungespritzt. Beim Abstellen des Glases sehe ich, wie mir mein Tischnachbar zunickt. Auch seine rundliche Gattin erweist mir hochachtungsvoll die Ehre. Sie lächelt und hebt das Glas.
Oh nein, sie erhebt sich und kommt an meinen Tisch.
Darf ich mich vorstellen, Sansibar. Agathe. Ich erinnere mich an die vorbei schwimmende Insel und sage jovial, „Bitte, nehmen sie doch Platz".
Frau Sansibar passt in den Stuhl, als wäre er für sie gemacht. Kein Kneifen an den Rettungsringen beim leichten Eingleiten in diese Foltergeräte.
Sie ist doch nicht dünn, denke ich und meine Stimmung sinkt.
Mein Stuhl sitzt mir genau auf den Hüften und wenn ich schnell aufspringe, wird er nicht umfallen sondern mitspringen, sprich hängen bleiben.

„Ich habe gerade gehört wie toll sie sich ernähren. Carlo hat geplaudert. Ich bin ja so froh, dass wir in unserer Familie keinen Zucker haben."
Aber Dummsucht, denke ich.
„Sie trinken Eiswasser und ich frage mich warum. Verkleinert sich so der Magen vor dem Essen? Oder wird er gefühllos und der Appetit ist nicht mehr zu merken?"
„Ich finde es so großartig, wie sie das machen. Und dann noch von selbst. Ohne Zwang - einfach genial. Ich bewundere sie. Eigentlich sind sie ja eine schöne Frau, bleiben sie am Ball und sie werden sehen, wie hübsch sie sind, wenn sie abgenommen haben."
„Eigentlich möchte ich etwas essen," sage ich, um die aufdringliche Tante zum Gehen zu bewegen. Das hätte ich nicht sagen sollen. Ich hätte sagen sollen, mein Magen wäre mir vorhin rausgefallen und eine Katze hätte ihn weggeschleppt. Ach, was sage ich, von wegen Katze. Ein Oger hat meinen Riesenmagen weggeschleppt. Denn wer so fett ist wie ich, kann ja keinen normalen Magen haben.
Ich atme tief, um nicht ausfällig zu werden. Bin ich deshalb bei Nacht und Nebel aus meinem kuscheligen Haus in dieses Restaurant gegangen, um zu hören, dass ich mich im Zirkus Roncalli ausstellen lassen könnte.
„Eigentlich sind sie ja eine schöne Frau." Ich betrachte mein Gegenüber und wundere mich, dass so eine hässliche Visage so unverfroren sein kann. Eigentlich eine schöne Frau. Aber ich habe es ja provoziert. Hätte ich nur mein Maul gehalten und wäre wie ein geknickter Regenschirm mit hängenden Schultern und Schwabbelbauch ins Lokal geschlurft, hätten alle gedacht „Oh, was für eine arme Sau. Komm, die bauen

wir mal auf und bringen ihr das größte Schnitzel."
Es gibt nur eine Möglichkeit, schnell und unauffällig zu essen. Ich muss die Alte loswerden. Ich überlege.
„Wissen Sie, meine Teuerste," säusele ich frisch und freundlich, meine Strategie geht noch weiter.
„Ich trinke immer zuerst ein, zwei große Eiswasser, esse nur kalt und fahre offen heim. Ich denke, sie besitzen doch bestimmt einen offenen Wagen, ein Cabrio, Sonnendach oder was es so alles gibt. Also ich persönlich fahre ein riesiges amerikanisches Cabrio. Erstens ist es fünf Meter lang und ich sehe klein und niedlich hinter dem Steuer aus. Zweitens kann ich jederzeit mein Dach auf Knopfdruck öffnen und meinen Hals so lange auskühlen lassen bis der letzte Appetit verflogen ist." In Notsituationen sind winzige Lügen ja erlaubt.
Madame Blöd starrt mich an.
„Unglaublich, wo haben sie das her, das ist ja super, einfach genial. Und das hilft immer? Keinen Zucker und schnell dünn?"
„Methode Alaska" (scharf gesprochen) sage ich eisig und schlage geheimnisvoll meine Augen zu Boden, was die Wirkung meines Geheimnisses noch verstärkt.
„Jetzt weiß ich auch, warum ich nach meiner Schlankheitskur so schnell wieder zunehme. Mein Mann der alte Geizkragen ist schuld. Es gibt fast kein kleineres Auto als ich eins fahre. Mein Dach kann nicht geöffnet werden, geschweige denn ein Cabrio.
Außerdem bestellt der Narr immer Wein. Rotwein. der macht heiß und dick."
Mit Tränen in den Augen erfasst Nessi, das Ungeheuer aus dem Lokal, meine Hand und schüttelt sie bald ab.
„Danke, danke. Sie haben mir die Augen geöffnet.

Natürlich. Wie konnte ich nur so dumm sein. Kälte, das ist das Geheimnis. Ich bin so froh, dass ich das nun weiß. Danke für alles."
Mein letzter Satz war gemein, aber er musste gesagt werden.
„Außerdem macht sie ihr Auto dick. Eigentlich sind Sie doch gar nicht so fett."
Oh Gott, welche Niedrigkeit. Wie kann man sich so gehen lassen.
Verbales Keulenschwingen im Lokal - hast du das nötig, Annabell?
Ich schäme mich kurz, aber dann gewinnt mein Stolz. Wo steht denn geschrieben, dass jeder, wirklich jeder, auch wenn er zu doof ist, eine acht in den Schnee zu pieseln, das Recht hat, dich anzumachen, auszuhorchen und anzugaffen. Ich werde mich jetzt wehren. Und wenn es mir alle krumm nehmen, sage ich, es ist der Zucker.
Zucker verklebt nicht nur die Honiggläser sondern auch die Nervenbahnen und man wird bösartig. Genau, das sage ich. Und die Idee mit dem riesigen Cabrio war doch genial.
Langsam habe ich wieder Oberwasser und hebe selbstbewusst meine Hand, um meine Bestellung aufzugeben. Carlo schlängelt sich an meinen Tisch und glutet mich mit seinen Glutaugen an. Dunkle, samtige Augen mit langen Wimpern. Wie eine Kuh.
Ich weiß ja, dass Carlo eigentlich Karl-Heinz heißt und aus der Pfalz kommt, aber zu einem modernen Lokal passt nur ein schicker Name. Carlo, da merkst du schon seine Hand in der Bluse, auch wenn du noch den Mantel anhast. „Also Speckmaus, bestell jetzt," sage ich zu mir selbst.

Ich erhebe meine Stimme und bestelle laut und deutlich die Schinkenröllchen, die kalten, kalten Schinkenröllchen mit Spargel.
Carlo zwitschert bewundernd „Und?"
„Und was?" frage ich.
„Ja, was dazu?" lächelt Carlo „vielleicht Kartoffelsalat, oder Pommes oder lieber..."
Er überlegt und mich sticht der Hafer. „Und ein Küsschen," säusele ich.
„Madonna, eine Heilige," ruft Carlo. „Immer treu, immer geradeaus, immer wie es sein muss."
Theatralisch hebt er die Hände.
„Keine Kohlenhydrate, niemals, niemals, niemals."
Sein Blick streift mich mit erotischem Feuer und er atmet schwer. Und ich freue mich. Mein neuer Status ist ungewohnt, aber angenehm.
Ich verzehre unter den Augen meiner neuen Gemeinde die kalten vorzüglichen Schinkenröllchen. Und bezahle. Kaum habe ich die Garderobe erreicht, als Carlo meinen Mantel um mich schmiegt und mich leidenschaftlich küsst. Ich bin so verdutzt, dass ich mich nicht wehre, sondern den tollen Kuss genieße. Zum Glück sieht man aus dem Lokal die Garderobe nicht sonderlich gut ein und ich genieße die gewählte Beilage noch einmal. Carlo küsst wirklich gut.
Fröhlich, leicht berauscht und irgendwie aufgekratzt mache ich mich auf den Heimweg.
So einen Tag soll mir zuerst einer nachmachen.Es ist so viel passiert, dass es mir für eine Woche reicht. Ich liege schnell im Bett. Zwar ohne Carlo, aber mit seinem Duft auf der Zunge. Hat er vielleicht mit seinem Duft auch gegurgelt? Mir auch egal, es reicht für heute. Ich schlummere selig ein.

Katzenfutter mit Hund

Ausgeschlafen räkele ich mich in meinem Bett.
Leises Kitzeln an meiner Wange bringt mich zum Lachen. Zärtlich schnurrt mir jemand ins Ohr. Ich will die Augen nicht öffnen, den schönen Augenblick des Genusses nicht zerstören. Meine Wange wird sanft gestreichelt und eine kleine feuchte Zunge, jetzt ohne Duft, leckt mich ganz sanft ab.
Ich öffne wohlig meine Augen und riesige grüne Augen zwinkern mir zu. Eine Kugel schwarzen Felles springt auf meine Brust und drückt in Sekundenschnelle jegliche Atemluft aus mir heraus.
„Mensch Otti, runter von mir!" höre ich mich sagen und einige Kilo Katze von mir schiebend, rolle ich mich aus dem Bett.
„Du wirst auch immer schwerer," sage ich und nehme mir vor, ein geeignetes Katzenfutter für übergewichtige Katzen zu besorgen.
Tolle Idee. Ich bin nicht mehr alleine dick.
Der Tag fängt gut an.
Ich eile in das Tierfachgeschäft in meinem Viertel. Herr Hund leitet das große Futtermittelhaus. Hunderte von Tüten und Säcken stehen in langen Fluren.
Ein eigenartiger Geruch steigt in meine Nase. Es riecht nach toter Katze.
In der Ecke stapeln sich riesige Vogelkäfige. Aus einem ertönt ein bestimmtes „Moin, moin". Ein schwarzer Beo schaut mir ins Gesicht und plustert sein Gefieder.
„Guten Morgen, gudden Morjen, moiiiin" ertönt es erneut sehr melodisch.
Herr Hund scheint weit gereist zu sein, mit seinem Beo.

Ich schmunzele ein wenig und suche die Abteilung für Katzennahrung auf.
Oh Mann, wie viele Sorten Diätfutter gibt es eigentlich auf der Welt?
Ich versuche, den Unterschied zu entdecken, als mich Herr Hund anspricht. „Sie suchen ein Katzenfutter? Ein diätetisches Katzenfutter? Ist ihre Katze zu schwer? Kein Problem, hier sind unsere Diätspezialitäten. Was soll es denn sein?"
Ich überlege.
Eigentlich kenne ich mich mit Katzenfutter schlecht aus. Ich füttere seit Jahren ein Trockenfutter aus dem Discounter und mein Kater liebt es. Dazu gebe ich als Leckerli kleine, überteuerte Futterdosen, die ich aus der Werbung kenne.
Mein Kater kann zu seiner täglichen Ration Trockenfutter noch locker zwei Minidosen Feuchtfutter verputzen.
Eigentlich ist er wie ich. Ich könnte aus diätetischen Gründen nach einer üppigen Mahlzeit einen gesunden Apfel zum Abnehmen essen. Haha.
Mein Opa hat das immer so gemacht. Er verspeiste nach jeder Mahlzeit, egal ob morgens, mittags oder abends einen frischen Apfel. Wie meine Oma mir aber beichtete, aß er aber auch das restliche Obst im Körbchen auf, um es vor dem Verfaulen zu bewahren. Das waren andere Zeiten, die Menschen waren viel sparsamer geworden durch den Krieg. Ich kann mir heute gar nicht vorstellen, ohne Nahrungsmittel zu sein. Leere Regale in den wenigen Geschäften und rationierte Mengen an Zucker und Mehl. Ein wenig schäme ich mich, als ich an der Glasscheibe einer Vitrine vorbeigehe und meinen Wohlstandskörper in

den Augenwinkeln sehe. Von Rationierung und
Einteilung ist bei mir nichts zu sehen.
Wieso war eigentlich mein Opa dick geworden?
Wenn es doch wenig zu essen gab? Könnte es sein, dass
unsere Familie mit einem bösen Gen ausgestattet ist?
Einem „Dickwerden-Gen" gegen das jeder Versuch
abzunehmen absolut vergebens ist.
Aufgeregt suche ich mein Handy in der Tasche.
Dicke Frauen haben immer große Taschen dabei.
Ich denke, sie haben Angst in die Notlage zu kommen,
einem plötzlichen Kriegsangriff unserer Nachbarländer
nicht gerüstet zu sein. Eine größere Anzahl kleiner
Snacks wie Müsliriegel, Hanutas und Haribos könnte
einem bei plötzlichen Großangriffen das Leben retten.
Also, wenn jetzt im Moment was passiert, bin ich schon
mal die Gelackmeierte.
Durch meine Ernährungsumstellung habe ich außer
einem Blutzuckermessgerät, einem Fingerpicker und
diversen Stäbchen zur Messung nichts dabei. Stimmt
nicht. Zwei Packungen Taschentücher und eine kleine
Auswahl Lippenstifte sind auch dabei.
Prima, ich kann also jederzeit feststellen, wann meine
Reserven aufgebraucht sind und meine Werte fallen.
Da ich nichts zu essen dabei habe, werde ich
bewusstlos und sterbe. Es ist wie im Krieg. Jetzt nur
nicht aufregen, sonst bekomme ich einen Hungerflash.
Ich tippe die Nummer meiner Großmutter ins Handy
und fühle mich in der großen Menge Futter um mich
herum plötzlich gut aufgehoben.
„Hallo Oma, wie geht´s?" „Gut, prima." „Du wirst
lachen, aber ich habe mir gerade Gedanken gemacht,
warum Opa damals die Apfelkur gemacht hatte. Ja,
klar, den Apfel nach dem Essen. Wieso war er

eigentlich so kräftig geworden, es gab doch nach dem Krieg so wenig zu essen?"
Oma erklärte mir, dass mein lieber Opa ein Hobbymusiker gewesen war. Er spielte Geige in einem Orchester.
So war er bei allen Hochzeiten und Festen des Dorfes dabei und da niemand viel Geld hatte, wurden die Spieler mit Naturalien bezahlt. So litt er mit seiner kleinen Familie niemals Hunger und als die Zeiten besser wurden, aß Opa einfach immer so weiter. Bis er rund wie eine Erdbeere mit ebensolcher Gesichtsfarbe war und in seinem Erdbeerfeld im Garten stand und fröhlich lachend auf den Ruf meiner Oma aus der Küche wartete. Das war es also.
Ich lege auf und vermisse meinen Opa plötzlich sehr. Was würde er denken, wenn er wüsste, wie sorgsam ich heute wegen meines Gewichtes mit den Nahrungsmitteln umgehe. Er würde mich bestimmt nicht verstehen, oder?
Herr Hund nimmt einen zweiten Anlauf und verschränkt seine überlangen Arme vor der Brust.
„Soll ich noch kurz eine Erklärung zu einer Futtersorte abgeben? Um welches Tier handelt es sich denn? Eine Katze, soso. Nehmen sie doch etwas Spielzeug für das Tier mit, damit es zum Spielen angeregt wird."
Genau. Ich verlasse die Diätabteilung mit Herrn Hund im Schlepptau und orientiere mich an dem Hinweisschild „Leckerli für Katzen."
Wie es mein Opa machen würde, packe ich die verschiedensten Köstlichkeiten ein.
Kleine Döschen mit Huhn, Fisch und Fleisch, Stänglein mit Pute und Rind, sowie ein Töpfchen mit Samen für Katzengras. Eine Rute mit diversen Mausattrappen

klemme ich mir noch unter den Arm und Herr Hund staunt, als er die Artikel in seine Registrierkasse eintippt. Langsam schaut er nach oben und mich an. Ich kann seine Gedanken lesen. Egal, meine Katze leidet nicht unter meinem Gewicht.
Der Beo meldet sich wieder. „Ronald, Roooonald," schallt es zur Kasse. „Gib Küsschen, giiiiib Küsschen!" Ronald, also Herr Hund, bekommt rote Ohren und versucht eine Erklärung. „Wissen Sie, meine Mutter, hat mir den Beo vor Jahren geschenkt. Er wurde im Tierheim abgegeben und meine Mutter, mit dem großen Herzen für Tiere, brachte ihn mit. Besser ihn, als eine Katze. Oh, das wollte ich nicht sagen." Er schaut verlegen.
„Das wundert mich," erwidere ich „wo Sie doch ein Tierfuttergeschäft haben. Da muss man doch die ganze Klientel mögen."
Ein Morgen, an dem mich mein schwarzer Riesenkater nicht aufweckt, ist kein Morgen.
Das Kraulen und Wuscheln im zarten Fell weckt doch erst morgens meine Sinne. „Naja, da geht Ihnen aber was durch die Lappen." Herr Hund überlegt und wird etwas nachdenklich. „Vielleicht probier ich es irgendwann mal aus."
Viele Katzen begegnen einem im Laufe des Tages, wenn man mit offenen Augen durch die Straßen geht. Hoffentlich macht Ronald eine positive Katzenkraulerfahrung und aus einem verstaubten Futtermittelverkäuferleben wird eine Schmuseachterbahn. Ich sehne mich nach einigen Runden Katzenspaß und verlasse das Geschäft.
Beschwingt und froh verstaue ich meine kostbare Fracht in zwei Megatüten im Auto und fahre zu meiner

Katze nach Hause.
Othello staunt nicht schlecht, als er das Arsenal an Töpfchen sieht und leuchtet mich mit seinen großen grünen Augen an.
„Das hast du Opa zu verdanken," rufe ich ihm zu. Aber Otti verschwindet schon Richtung Futtertrog und nimmt meine Erklärungen gelassen hin.

Home Sweet Home

Ich koche mir einen guten Kaffee und schlendere mit meinem Tablet und der Mausrute von Herrn Hund auf meine Terrasse.
Heute ist ein herrlicher Tag.
„Otti komm wir turnen. Katzenspass!" rufe ich leise.
Beim Wort Spaß lasse ich die Laute zischen.
Vorsichtig schnuppert sich mein schwarzer Kater heran.
Die Rute mit den Mäuschen hat er genau im Auge, aber zuerst wird sich gerubbelt.
An meinem Hosenbein, an der Gartenmauer, am Gartenstuhl.
Plötzlich ohne Ankündigung, also aus dem Stand, springt meine Kugelkatze in die Luft und reißt mir die Rute aus der Hand. Bevor ich mich wehren kann, segelt die erste Mausattrappe durch die Luft. Otti reißt ihr genüsslich ein Ohr ab und spuckt die Reste in die Luft.
Katze müsste man sein.
Ich denke an Carlos und stelle mir vor, wie ich ihm genüsslich sein Ohr knabbere.
Es ist bestimmt die Sonne.
Die Sonne weckt meine Hormone und die Wärme steigt in meine Brüste. Eigentlich eine geniale Erfindung, diese Brüste.
Sie machen aus jeder noch so verkorksten Figur eine Silhouette.
Natürlich muss die Größe stimmen. Also die Größe des BHs. Sollten die Körbchen nicht ganz ausgefüllt sein, kann man schnell und unauffällig nachhelfen.
Vorzüglich sind zusammengeknotete Sneakersocken.
Unter die schwache Brust geklemmt, verhelfen sie zu

einem imposanten Dekolleté. Etwas Übung in der Auswahl der Socken und der Platzierung im BH sind notwendig, aber dann klappt es prima.
Schließlich braucht man diese Superbüste nur zu gewissen Anlässen. Zum Beispiel beim Stadtbummel, wenn alle fünf Minuten eine riesige Megaglasscheibe die äußere Hülle präsentiert.
Also Bauch rein und Brüste hoch. Klappt doch. Ich habe früher keinen großen Wert auf BHs gelegt, immer war etwas auszusetzen. Es zwickte und klemmte überall. Außerdem ärgern mich Speckröllchen unter den Armen und am Rücken. Mein vor kurzem erworbenes Kleid war mir etwas zu lang. Die Schneiderin, die zwei Häuser neben mir wohnt, änderte die Länge ab und betrachtete sich meine Büste.
„Hängebrüste, selbst gemacht," sagte sie in leichtem Spott.
„Wieso selbstgemacht?" fragte ich entrüstet.
Ohne großes Gezeter ergreift sie meine BH-Träger von hinten und stemmt meine Brust hoch. Sofort waren die besagten Röllchen verschwunden und mein Bauch wirkt flacher.
„Kauf dir mal einen ordentlichen BH, Schätzchen, dann sitzt alles wie durch Zauberhand."
Gesagt, getan. In einer Wäscheboutique, die so teuer ist wie der Name klingt, werde ich vermessen und die Zauberer liegen vor mir. Wunderschöne BHs, Balconetten und Heben. Was es nicht alles gibt. Ich entscheide mich für eine bestickte Balconette. Sie ist etwas anstrengend anzuziehen, drückt stramm bis sie richtig sitzt, aber dann, oh Zauberkraft, steht alles an neuer Stelle und ich sehe viel besser aus.
Am kommenden Samstag bin ich zum Geburtstag bei

einer Kollegin eingeladen und ich werde mein Wunderwerk präsentieren. Eigentlich freue ich mich schon darauf. Raus aus der täglichen Langweile, dem Einerlei und rein in eine Frauenparty mit Cocktails, Witzen und viel Lästerei. Zum Glück bin ich figürlich gewappnet.
Ahhhh....
Mein Kater reibt sich immer stärker an meinem Bein und ich komme in Wallung.
Ich springe auf und hebe die Mausrute in die Luft. Otti springt hoch, beachtlich hoch und versucht, die angesabberte Rute zu erhaschen.
Ich drehe mich im Kreis und reize meinen Kater zu artistischen Drehungen. Rechtsherum, linksherum. In die Luft und wieder das gleiche Spiel. Die Anstrengung ist meinem Kater nicht anzumerken, nur ich werde langsam müde.
Leise singe ich unser Lied. „Spiel mit deinem Tier, das rat ich dir, dass macht dich froh," trällere ich durch den Garten. Und es stimmt.
Mein Kater hüpft glücklich und ich singe glücklich.
Meine Wallungen nehmen zu.
Hoffentlich sieht mich keiner im Garten mit der Katze spielen. Ich versuche ja immer einen seriösen, coolen Eindruck zu machen, doch diese ausgeflippten Spieleinheiten verraten mein eigentliches Ich.
Ich setze mich in meinen Sessel und genieße die Sonne. Meine Söckchen ziehe ich aus und lasse meine Zehen in der Sonne bräunen.
Nach zehn Minuten beginne ich mit meinem großen Zeh auf die Betonplatten zu malen und denke darüber nach, was heute so ansteht.
Eigentlich nichts. Ich habe frei. Ein ganzes langes

Wochenende frei.
Ich überlege worauf ich Lust hätte - also Sex und Essen wären angenehm.
Oder nur essen und an Sex denken.
Die Sonne streichelt warm mein seidiges Haar und eine leichte Windbrise krault meinen Nacken. Ich räkele mich wohlig in der Sonne und meine Gedanken kreisen um Carlo.
Es wäre schön mit ihm auf einer einsamen Insel am Strand zu sitzen und sich ganz langsam erwärmen zu lassen. Die Wellen plätschern und tragen mich auf und ab. Ich schwimme in einem Meer warmer Schokolade. Leicht und samtig schwebe ich dahin.
Die Sonne wärmt mein schimmerndes Haar und ich blinzele im hellen Licht.
Schön, warm, wunderbar.
Meine Gedanken sind wunderschön und ich schmelze dahin, bis ein zarter Biss in meine Wade meine wonnigen Träume auf „Wolke Sieben" schiebt. Ich genieße das Lecken einer kleinen Zunge. Eine unglaubliche Wonne, kribbelnd und erotisch.
Als ich meine Auge öffne und der Wahrheit in die Augen sehe, im wahrsten Sinne des Wortes, war alles für die Katz. Othello!
Meine Träumereien enden abrupt und ich schwitze in der Sonne. Also rein ins Haus und unter die Dusche. Unschlüssig bleibe ich vor dem Badezimmer stehen und denke nach.
Was wollte ich heute machen? Es bleibt also wieder mal nur Essen übrig.
Oh Gott, es kündigt sich eine Heißhungerattacke an. Ich hasse diese Fresslust.
Was tun?

Was habe ich gelernt?
Annabell, denk nach.
Also, zuerst ablenken, dann Gesundes auffüllen.
Wie lenke ich mich am besten ab?
Shopping? Vielleicht. Aber dann müsste ich mich schleunigst anziehen und stylen sonst lohnt sich die Fahrt in die Stadt nicht mehr.
Sport? Vielleicht. Aber kein Springen und Hüpfen, lieber „Toter Mann" machen.
Okay, dann fahre ich zum Schwimmen.
Meine Tasche ist schnell gepackt, auch ein kuscheliger Bademantel verschwindet darin nebst kleinen Badekuschelschlappen für das Nickerchen danach.
Zwei Müsliriegel ohne Zucker und eine kleine Flasche Wasser, eine Paprika für die Fahrt zurück, ein Leberwurstbrot für Notzeiten oder Kriegsausbrüche.
Alles packe ich in Alufolie, damit ich es nicht sehe, es nicht zur Kenntnis nehme und schon geht`s los.
Othello schaut mir mit traurigen Augen nach.
So ein schöner Tag und dann kein Frauchen zu Hause, das ist megatraurig. Er blinzelt mir noch einmal zu und verdrückt sich in sein Körbchen. Genüsslich schiebt er sein dralles Beinchen über den Korbrand und beginnt augenblicklich, tief zu atmen.
Nach wenigen Atemzügen wehen leichte Schnarchgeräusche aus dem Schlafgemach und Otti träumt vom Katzenparadies. Oder so.
Auf geht`s.
In einem schicken Hausanzug mit goldenem Paillettenmotiv steige ich ins Auto und ab geht die Post.
Fröhlich summe ich vor mich hin.
Die Sonne hat mir gut getan, ich bin bester Laune.
Eigentlich stelle ich fest, bin ich selten schlecht gelaunt.

Eine Familienkrankheit sozusagen. Unsere gesamte Sippe mütterlicherseits neigt zu karnevalistischen Exzessen. Bei unseren Familientreffen geht es immer hoch her. Es wird gesungen, gelacht und reichlich gewitzelt.
Überwiegend auf hohem Niveau.
Das heißt alle, außer Onkel Alfredo. Der hat sein Spaßpotenzial in den Händen. Er gleicht einem Efeu. Beim Tanzen entwickelt er eine solche Anzahl von Händen, dass er nur als „der Tätschler" betitelt wird. Aber verschenken wir bei diesem Wetter keinen Gedanken an die Verwandtschaft.

Badespaß

Der Parkplatz des Schwimmbades ist gähnend leer.
Prima, denke ich, wenig Autos, wenige Gäste. Genau mein Ding.
Geschmeidig wie eine Anakonda schlängele ich mich aus dem Wagen, klemme meine große Tasche unter den Arm und schreie auf. Ein scharfer Schmerz droht meinen Arm abfallen zu lassen und ich lasse die Tasche fallen. Was soll das, wo kommt der irre Schmerz her?
Beim Umdrehen des Armes sehe ich die leicht ausgerissenen Fasern meines Anzuges am Taschengriff hängen.
Ich habe mir meine Innenseite des Oberarms eingequetscht.
Wahrscheinlich in die Naht vom Reißverschluss.
Mein schöner Anzug, denke ich noch, als eine zuckersüße Stimme mich meinen Schmerz vergessen lässt.
„Ohgottigotti, welch Missgeschick, Süße. Den John-Travolta-Glitzeranzug eingeklemmt.
Hoffentlich sind keine Pailletten abgefallen."
„Dir ist schon vor Langem eine Paillette abgefallen," denke ich und reibe die mittlerweile rote Stelle am Oberarm.
Der Schmerz wird erträglich und ich gehe Richtung Schwimmbad, um meine Blessur zu kühlen.
Die Paillette geht neben mir.
Ich betrete das Bad und will durch einen beschleunigten Schritt meine Begleitung abschütteln, aber anstatt zu verduften, schwingt sich mein Schatten ins Kassenhäuschen.

„Behindert, Erwachsen oder Abo?" Stimmt genau, in der Reihenfolge, denke ich.
Behindert wegen fehlender Paillette, erwachsen an Jahren nicht an Erfahrung und ein Abo an idiotischem Umgang mit Schwulen.
Ein schrilles glucksendes Lachen antwortet mir und ein kleines grünes Kärtchen geht in meinen Besitz über.
„Na dann viel Spaß, du tolles Huhn," ruft mir die Paillette nach und ich sause zu den Kabinen.
Na ja denke ich, der Anfang ist gemacht, jetzt nur noch umziehen und ab ins Nass.
Unter der Dusche sehe ich mir meinen Arm an. Ein roter Strich verläuft quer zum Oberarm genau in meinem schlappen Bindegewebe.
Dabei stemme ich Hanteln und übe wie ein Weltmeister, aber meine Oberarme sind nur so lange straff wie ich im Fitnesscenter bin. Schon am Ausgang entspannen sie sich und hängen durch.
Hoffentlich sind die Hängelappen nun erschrocken über diese Aktion und ziehen sich straff zurück. Abwarten.
Eine Mutter kommt mit ihrer kleinen Tochter in den Duschraum. Die Kleine freut sich über die vielen Duschknöpfe und drückt alle nacheinander an.
Kalt, warm, Brause, Strahl – das Kind hat seinen Spass.
Ich sehe, wie ihre Mutter sich die Oberschenkel innen mit Melkfett einmassiert und schaue interessiert zu.
Dann fühle ich mich ertappt, als sie mich anspricht.
„Meine Oberschenkel reiben so stark und mit dieser Fettcreme flutscht es prima."
Aha, noch nie gehört. Warum sagt sie ausgerechnet mir das? Aber logisch, denke ich.
Meine kleinen Oberschenkel sind ja auch nicht zu verachten. Trotzdem werde ich es mir merken, ein guter

Tipp „Melkfett".
Das Schwimmbad lässt mit seinen kleinen Becken und den Ruheoasen meine Seele jubeln. Warme schwüle Luft wabert mir entgegen.
Wie schön.
Ich kann mich nicht entschließen, wo ich zuerst starten soll.
Also entschließe ich, mich im kleinen Nichtschwimmerpool treiben zu lassen. Dabei kann mein Körper abkühlen und ich nachdenken.
Aber was wollte ich noch überlegen? Weg. Vergessen.
Mit geschlossenen Augen treibe ich im warmen Wasser.
Leise pocht mein Herz und ich zähle die Herzschläge.
Achtzig pro Minute. Okéééé.
Kräftiger Schlag. Okéééé.
Keine Extrasystolen. Okéééé.
Die Stimme der Paillette tönt beim Okéééé in meinem Ohr.
Ich fühle mich rundum wohl und schwebe dahin.
Ich zähle wie lange ich den Atem anhalten kann.
Ich fühle die Ewigkeit.
Treiben in der Ewigkeit, wie schön.
Ein leises Knacken im Lautsprecher und eine schrille Stimme quält das Mikro.
„Unn, wie géééehts? Was macht das gequetschte Ärmchen? Alles paletti, Süße? Soll Onkel Déééwid das Erste Hilfe-Köfferchen holen? Kleiner Schééééérz, haha.
See you lééééter, Süße."
Eine persönliche Drohung. Bis später.
Ich kann es nicht fassen.
Fragende Augenpaare sind auf mich gerichtet.
Wieso wissen alle, dass ich es bin, die sich gequetscht

hat.
Die Tussi aus dem Kartenhäuschen hat mir mit der Durchsage die Schwimmbadmafia auf den Hals gehetzt.
Die wenigen Schwimmer hängen zufällig am Beckenrand und schauen herüber.
Ich beende meine Wassertreibeaktion und verlasse das Becken.
Ein wenig beschämt husche ich in eine entlegene Felsengrotte.
Geschafft. Hier bin ich ganz alleine.
Kaum legt sich die Wolke der Wohligkeit um mich, als mir ein Sonnyboy seine Aufwartung macht.
Ich bemerke zuerst seine giftgrünen Augen. Riesige Augen, die mich Millimeter für Millimeter abtasten.
Sein Kopf mit fülligem Haar wackelt vor und zurück. Ich kenne diese Bewegung aus „Jurassicpark". Die Velociraptoren fokussieren ihre Beute auch auf diese Weise und wippen sich in Angriffslust.
Adonis anscheinend auch.
Da ich keine aggressiven Fauchlaute von mir gebe und nicht versuche, ihn als erster zu fressen, scheint für ihn die Lage klar.
Die Schwimminsel ist zum Entern bereit.
Behände schwingt sich mein Eroberer über den Rand der kleinen Schwimmgrotte. Er nickt mir noch einmal freundlich zu und versenkt seinen braunen Körper neben mir im Wasser. Nur der halbe Kopf ragt aus den Fluten. Seine Augen verfallen in eine eigentümliche Versonnenheit und schließen sich halb. Genüsslich räkelt sich sein Körper neben meinem.
Ich denke nach.
Soll ich nun abwarten bis etwas passiert oder einfach

im Wasser weiter treiben.
Ich entschließe mich zum Treibenlassen.
Langsam entspannt sich mein Körper in der warmen Suhle und ich beginne zu träumen.
Pling, Looping, Pling, Platsch, klatschen die kleinen Wassertropfen auf mein Dekolleté.
Ich stelle mir einen tropischen Regenguss vor. Meine Bambushütte wird vom stürmischen Wind gezauselt und geschüttelt. Ich blicke aus dem Fenster und genieße meine Geschütztheit vor den Urgewalten.
Pling, Plong... Pling, Plong.
Es gibt nichts Schöneres, als einen tropischen Sturm in einer Bambushütte zu erleben.
Ich schaue aus dem schwankenden Fenster und sehe zwei große Füße.
Füße, zwei Stück.
Ich beuge mich hinaus, um mich von ihrem Dasein zu überzeugen, als ein winziger Wassertropfen in meinen „falschen" Hals läuft.
Ein orkanartiger Hustenanfall reißt mich in die Realität.
Ich schnappe nach Luft und mein Hals brennt.
Also mein richtiger Hals.
Der „falsche Hals" ist mein Begriff für meine Luftröhre. Und diese ist so leicht zu reizen. Ganz wie die Besitzerin in reizenden Situationen.
Das leichte Klopfen auf meinen Rücken hilft mir sofort.
Feuchte Luft strömt mir in die Lungenspitzen und ich kann wieder atmen. Gott sei Dank.
Kaum vorzustellen, wenn ich bewusstlos geworden wäre und die Paillette hätte mich retten müssen.
Igitt. Er hätte dabei sein Leben riskiert, bei meinem Gewicht.
Oder schlecht bezahlte Rettungssanitäter müssten mich

auf einer Trage aus dem Bad rollen. Nicht mich rollen, sondern die Trage!
Nicht auszudenken, wie peinlich.
Wahrscheinlich hätten sie einen Sondertrupp oder einen Hebekran anfordern müssen.
Ich bemerke eine aufkommende Unlust, um nicht zu sagen, eine leichte Tagesdepression. Dabei fühlte ich mich noch vor zehn Minuten begehrenswert und wohlgeformt.
„Es wird das warme Wasser sein, das meine Zellen ausdehnt aber meine Stimmung zusammenzieht," denke ich noch, als vor mir alles grün wird.
Zuerst dachte ich an die Bundesgartenschau, die ich so liebe, aber es war etwas Anderes.
Das Grün blinzelte und sagte: „Ich war auch so wie du."
Wie bitte? Ich halte die Luft an.
Was um alles in der Welt bin ich denn? Eine dicke Frau im Schwimmbad, ok.
Warum sagt er mir das?
Hat irgend jemand diesen No-name gefragt, was er meint oder was er mal war. Kann jeder Blödmann mich denn einfach anquatschen und vergleichen, denke ich und fahre mein Aggressionslevel hoch.
„Sie waren mal eine Frau? Na das hätte man besser machen können," sage ich gehässig und bewusst langsam.
In diesem Moment hasse ich mich schon selbst.
Was ist bloß in mich gefahren, so aggressiv zu werden. Ich verstehe mich selbst nicht mehr.
Mein Puls fängt an zu rasen und ich suche nach etwas Nettem, das ich sagen könnte.
Zu meinem Sportpuls stellt sich auch noch ein leichtes

Herzklopfen ein, als Mr. Grünauge meine Hand nimmt und mich in die Fluten zieht.
„Bleib ruhig und auf dem Teppich, ich werde dir gleich erklären, was ich meine."
Er paddelt seelenruhig mit den Armen und nimmt mich ganz sanft in den Schwitzkasten. Oder wie sollte man eine so unerwartete Umarmung nennen?
Ich beruhige mich schnell und ruhe in seinen Armen.
„Ich denke du bist schüchtern, das war ich als Kind auch. Ich kenne das.
Nach fünf Minuten ist mein Puls wieder im Normalbereich und ich bereue meine vorschnellen Boshaftigkeiten. Ich bin schrecklich. Er hat ja Recht, ich bin schüchtern und denke immer, ich wäre zu dick.
Sollte ich mich jetzt bedanken oder lieber schnell verduften.
Aber wie.
Mr. Softie hält mich ganz sanft und locker an den Schultern fest und wir treiben.
Wohin bloß?
Ich versuche die Situation zu analysieren, werde aber nicht schlau. Es passieren so viele Dinge ohne mein Zutun, dass ich vielleicht überfordert bin.
Also halte ich mich zurück und lasse mich treiben.
Mein Körper fühlt sich weich und geschmeidig an.
Die Kühle des Wassers bringt mich leicht ins Schwingen. Am meisten schwingen meine Oberschenkelinnenseiten.
Meine Finger runzeln sich nach einiger Zeit und ich versuche aus der Umarmung oder Stützhaltung, was immer es auch ist, heraus zu kommen.
Mein Kopf schaukelt vor und zurück, etwas Wasser läuft in meinen Mund. Supereklig.

Ich drehe und wende mich, um in eine andere Position zu gelangen. Da passiert es auch schon.
Ich erzeuge mit meinen strammen Armen eine Riesenwelle und mein Held wird von der Welle erfasst.
Oje, ich ertränke gerade meinen Halt, kurzfristig.
Er hat anscheinend nicht mit meiner Aktion gerechnet und sinkt ins Wasser.
Dahin... denke ich noch, als mein Herz abrupt stehen bleibt.
Was mache ich denn hier? Bin ich von allen guten Geistern verlassen?
Ich lasse mich halten und stützen, um meinen Wohltäter anschließend zu ertränken.
Ich bin eine Gottesanbeterin.
Die fressen ihre Männchen auch nach dem Geschlechtsakt auf. Aber so weit ist es ja noch nicht mal gekommen.
Ich merke, wie sich meine Wangen färben. Was denke ich nur für einen Blödsinn. Bin ich unterzuckert? Was ist mit meinem Hirn los?
Höchste Zeit, mein Gegenüber zu retten.
Mit einem Ruck greife ich ihn am Arm und halte ihn über Wasser. Er prustet und lacht.
„Mit einem solchen Dank habe ich nicht gerechnet. Ich wollte sie nur beruhigen und dann ertränken sie mich. Sie sind eine ungewöhnliche Frau."
„Das stimmt," sage ich und stelle mich erst einmal vor.
„Annabell," sage ich und halte ihm meine Hand hin.
„Antoine." Exupéry, schwirrt es in meinem Kopf. Der kleine Prinz. Oder besser, der aufgetauchte Prinz.
Ich könnte mich nun über die Situation totlachen. Oder ist es das Entsetzen, das mich so hysterisch lachen lässt.
Alle haben nun gehört, dass sich etwas in der kleinen

Grotte abspielt und schauen „zufällig" mal vorbei.
Es ist wie in einem Aquarium. Antoine und ich sitzen drin und die anderen schauen rein.
Mein Lachen gluckst nur noch etwas und Antoine zieht mich über den Beckenrand der Grotte.
„Komm schon, du Schwimmnudel, wir gehen jetzt was essen." Und zu meinem großen Erstaunen gehe ich einfach mit.
Wir treffen uns vor dem Bad und ich komme mir in meinem aufdringlichen Glitzeranzug unheimlich blöd vor. Normalerweise mag ich das, aber jetzt ist es mir megapeinlich. Und zu allem Übel höre ich noch eine wohlgemeinte Stimme aus dem Kassenhäuschen.
„Glück gehabt, Süße. Der Fang ist nicht schlecht. Petri heil!"
Ein wenig verschämt bin ich jetzt schon. Ist das jetzt ein Date? Oder nur ein Trostpflaster für ertragene Schrecken?
Meine Hände sind noch immer verschrumpelt und ein leichtes Brennen im Magen verrät tatsächlich meinen Hunger.
Antoine ist nicht zu sehen. Aber ich sehe mich in der Autoscheibe.
Das leibhaftige Michelinmännchen. Klein, kugelrund und in meinem Falle auch noch stark glitzernd.
Ich gehe vor Schreck einen Schritt zurück und trete auf einen Stein. Mein Fuß kippt leicht nach außen und ich verspüre einen Stich.
Jetzt nur nicht hinken.
Ich versuche, solide aufzutreten. Zum Glück geht es ganz gut, aber auf die Zähne muss ich doch beißen.
Elegant wie eine fußkranke Schnecke schlendere ich zu meinem Auto und sehe Antoine an einen Baum gelehnt

im Schatten stehen.
„Hast du die Stolpersteine, die dir ständig im Weg liegen, gemietet oder bekommst du die immer gratis? Komm, wir fahren zum See. Mit meinem Auto oder treffen wir uns dort?"
Ich entscheide mich für die zweite Variante und brause davon, Richtung See.

Lovesea

Auf der Seeterrasse gehen wir in ein kleines Lokal. Es ist sehr gemütlich und hat viele schattige Plätze.
Ich habe nun Zeit, mein Gegenüber genau zu studieren.
Er blättert in der Karte und ich schaue ihn an. Er sieht gut aus. Schwer zu sagen, wie alt er ist.
Der braune Teint mit der leichten Andeutung eines Dreitagebarts steht ihm gut. Seine Hände sind gepflegt, sehen aber auch nach Arbeit aus. Ich denke, er kann zupacken und streife seine Figur mit vorsichtigen Blicken. Die Andeutung eines kleinen Bauches kann ich entdecken.
Gott sei Dank. Kein „dünner Hering".
Er schließt seine Augen, atmet entspannt und ich kann meine Expedition ausweiten.
Augensafari - mag ich gerne.
Also messe ich Zentimeter für Zentimeter sorgfältig ab und bin mit dem Ergebnis sehr zufrieden.
„Fertig?" fragt er.
Ich blicke erschrocken zu Boden. Er hat also meine Inspektion bemerkt. Peinlich.
Er reicht mir die Speisekarte mit einem umwerfenden Lächeln.
Soll ich ihm nun meine Geschichte mit der Essensumstellung gestehen?
Eigentlich will ich nicht, aber ich muss.
Wie ein innerer Zwang, den es zu überwinden gilt, fange ich an zu erzählen.
Von meiner Tortur mit dem Essen, meiner Wohnung und meiner Katze.
„Und?" fragt er.

Wie und?
Wo bleibt das Leben?
„Du kannst dich doch nicht wie ein Einsiedler kasteien. Immer nur Verpflichtung und innerer Stress. Bleib doch mal locker. Wie eben unter Wasser. Lass geschehen was geschieht. Gib dir endlich eine Chance."
„Das hat mir gerade noch gefehlt. Ein Philosoph, ein Denker – na toll."
Ich esse schnell was und haue ab. Oder besser, ich glitzere davon.
Was nehme ich nur? Im Moment ist mir alles egal, ich wähle einfach etwas Gewohntes.
Lasagne!
Die kann mich im Moment auch nicht mehr irritieren. Habe früher Lasagne verputzt wie ein Teufel und tue es jetzt auch. Aus Frust.
Wegen dem Blödmann!
Mein innerer Ärger ebbt langsam ab und ich schaue zu meinem Gegenüber.
„Na, wieder eingekriegt? Ich dachte schon, du verpuffst wie eine Supernova."
Es ist nicht zu fassen.
Da treffe ich einmal jemanden, den ich attraktiv finde und schon nach wenigen Augenblicken haut mir die Realität um die Ohren.
Ein Besserwisser! Ein Quengelbert! Ein Frauenhasser! Ein „Ich-mach-dich-fertig-Typ"!
Und das mir.
Dabei wollte ich nur schwimmen. Kühle klare Wellen um meinen Körper schwappen fühlen.
Die Lasagne kommt und ich haue rein.
Wenn ich schon ausflippe und mir dieses Dreckszeug bestelle, dann fresse ich es auch auf.

Nach einigen Gabeln voller Selbstmitleid fängt mein Magen an zu rebellieren.
Mir wird schlecht.
Egal, ich werde nicht weich, ich fresse weiter.
Eine kleine Bombe meldet sich im Bauchbereich und ich lege meine Gabel nieder.
Leichter Druck wird verstärkt.
Ich spüre einen Vulkan in mir brodeln.
Der ungeheure Druck, der immer stärker gegen meine Bauchdecke drückt, macht mir augenblicklich Angst.
Ich setze mich gerade hin und spüre ein Ziehen im linken Arm. Wusste ich doch - Herzinfarkt.
Klar doch, heißes Essen im kühlen Körper.
Megaenergie auf kleinstem Raum.
Eine selbstgebastelte Bombe!
Ich bin ein Schläfer, kann jederzeit unauffällig gezündet werden und explodieren.
Wo bin ich nur hingeraten? Was sitze ich auch hier am Tisch und schaufle giftige Speisen in mich hinein!
Nur wegen ihm!
Ich sehe ihn an, um ihm zu sagen, dass es mir reicht, dass er keinen Einfluss auf mich hat und schon gar nicht auf mein gesundes Essverhalten. Nur durch dich bin ich in diese Situation gekommen und ich stehe kurz vor einer Detonation.
Mein Atem wird weniger und ich schnaufe.
Wie eine Dampfwalze schnaufe ich immer ängstlicher werdend.
Ich stemme mich auf der Tischplatte ab und gehe auf die Terrasse. Frische Luft, wunderbar.
Der Weg zum See ist kurz und sandig.
Meine Zehen quetschen sich in meinen Paillettenschuhen und ich will nur weg.

Weg aus dem Lokal, weg aus seiner Kontrolle, weg aus dem Leben!
Und da sagt er noch, wo bleibt das Leben?
Na, in mir. Und zwar hochexplosiv.
Ich rülpse wie ein Penner. Laut, lang und ekelhaft.
Die heiße Luft drückt sich einfach aus mir raus. Ich kann sie nicht halten.
Dann zerreißt ein lauter Furz meine Pein und ich will in den Erdboden versinken.
Das blanke Entsetzen schüttelt mich.
War ich das?
Dieses Entarten kann unmöglich von mir sein.
Ich, die menschgewordene Etikette.
Ich, die immer weiß, was sich gehört. Die noch nicht einmal zu lila Nagellack einen roten Lippenstift aufträgt, auch in Notsituationen nicht.
Ich, die immer gepflegt in schicker farblich passender Unterwäsche herumläuft.
Die sich niemals einfach irgend etwas anzieht sondern immer, wirklich immer, genau überlegt, was zusammen passt.
Ich, die niemals in ein Lokal stürmt, sondern sich einen Platz zuweisen lässt.
Ich, die alles weiß, alles kann, für jeden einen Ratschlag parat hat, lasse die Katze aus dem Sack.
Ich bin eine Kuh. Das Rülpsen und Furzen zeigt mein wahres Gesicht. Mein zweites Gesicht ist primitiv und ordinär.
Die Selbstkasteiung zeigt sofort Erfolg, mir wird mit einem Schlag besser.
Ich atme langsam.
Ein und aus, ein und aus. Herrlich.
Kühle erfrischende Luft durchfließt meine Lungen und

mein Bauch beruhigt sich langsam.
Ich atme, wie ich es im Studio gelernt habe. Tief und langsam, leicht und unverkrampft.
Meine Lebensgeister kehren zurück.
Ich setze mich auf eine kleine Sanddüne und betrachte das Wasser. Die kleinen Wellen rollen an und ergießen sich mit einem zischenden Geräusch im Sand.
Ich befreie meine Zehen von den Turnschuhen oder wie auch immer man solche engen Katastrophen nennt, und lasse sie ins Wasser gleiten.
Es ist sehr angenehm, so erfrischend und nass.
Kleine kühle Tropfen rinnen meinen Rücken hinab.
Zuerst nehme ich sie nur leicht wahr.
Es umgibt mich ein angenehmes Gefühl von Entspanntheit.
Dann höre ich ein kleines Lachen, drehe ich mich um und sehe Antoine.
Er sitzt hinter mir und lässt kleine Wasserperlen über meinen Rücken laufen. Fühlt sich wunderbar an.
Eine Gänsehaut folgt der nächsten.
Die Wassertropfen werden wärmer und wärmer und ich fühle seine Zunge auf meinem Rücken.
Langsam, wie kleine Wassertropfen perlend, streichelt seine Zunge meinen Rücken. Ein sehr erotisierendes Gefühl.
Soll ich etwas sagen? Mich ihm zuwenden oder kokett geradeaus schauen?
Ich kenne mich in solchen Situationen nicht aus. Oh Mann, ich mache jetzt bestimmt wieder alles falsch.
Was soll ich machen?
Ich habe keinerlei Erfahrung in diesen Situationen und will nichts falsch machen?
Er dreht mich leise zu sich hin und ich bin willenlos.

Ob nun aus der vorigen peinlichen Entartungssituation oder durch meine Unerfahrenheit diese Lähmung entstand, ich weis es nicht.
Er schaut mir tief in die Augen und küsst mich ganz sanft auf die Augenlider.
„Lass Deine Augen zu und schalte mal deinen Kopf ab," sagt er zärtlich ins Ohr.
Als ob das so einfach wäre. Ich beginne mit autogenem Training und schalte tatsächlich langsam einen Gang runter.
Er wartet einfach ab.
Ich spüre einen Hauch in meinem Nacken.
Mein Hals wird kurz von seiner Zunge gestreift. Zufall? Nein.
Er leckt und knabbert an meinen Ohren. Immer tiefer und raffinierter umgibt mich ein heißes Streicheln und Züngeln.
Wie in Trance genieße ich seine liebkosende Zunge auf meinem Körper und bin einfach nur glücklich.
Ich höre Stöhnen, jemanden stöhnen, stärker stöhnen, mir ist alles egal.
Ich genieße. Unendlich.
Alles was er mit mir macht ist wunderschön, das pralle Leben. Ich spüre zum ersten Mal im Leben eine Leidenschaft ungeheuren Ausmaßes.
Ich drehe mich um und beginne ihn zu streicheln. Er fühlt sich seidig an, weich. Meiner Fantasie lasse ich freien Lauf - ich will ihn glücklich machen.
Mit allen Regeln der Liebeskunst, die ich bis heute nur aus Büchern kannte, versuche ich ihn glücklich zu machen.
Der feine Sand knirscht mir in den Ohren, als ich wieder zu Verstand komme.

Die Sonne wärmt meinen Bauch und meine Füße kraulen den nassen Sand.
Ich liege in einer Düne am See und blicke gelöst, erfüllt und glücklich in den Himmel.
Der Mond ist sehr schön. Heute ist er sehr schön.
Ich kann Europa erkennen.
Und Afrika.
Ein blauer Käfer krabbelt mir über den Bauch. Ich schaue ihm nach und bemerke, dass keine Wäsche ihn hindert.
Abrupt will ich mich aufsetzen, aber eine starke Hand hält mich fest. „Bleib unten, sonst sehen uns die anderen."
Ich sehe neben mich und Antoine lächelt.
„Du bist wunderschön. Dein Körper reagiert fantastisch, zart wie Butter und sehr gelenkig, ausdauernd und berauschend."
Mir bleibt die Sprache weg.
Ich fühle mit meiner rechten Hand im Halbkreis und finde meinen Slip. Daneben meinen BH und meine Glitzerhose.
Vorsichtig streife ich den Slip an und schaffe es auch, den BH zu platzieren.
Die Wärme ist wunderbar.
Es muss schon Abend sein, denn der Mond ist schon zu sehen.
Ich bin total verwirrt oder wie soll man dieses tolle Gefühl nennen.
Tausend Fragen schießen in meinen Kopf.
Haben wir die Zeche geprellt? Wie lange haben wir hier gelegen? Was haben wir alles gemacht? Hat uns jemand gesehen? Wer hat in unserer Nähe so gestöhnt?
Noch bevor auch nur eine Antwort möglich war, legt

sich Antoine halb auf mich und seine Zunge beginnt wieder zu kreisen.
Alle Fragen verschwinden sofort aus meinem Kopf, auch die noch ungestellten.
Wunderbar.
Heiß.
Unendlich lustvoll.
Noch nie hatte ich so etwas gespürt. Eine wilde Leidenschaft durchzieht meinen Unterleib. Meine totgeglaubten Muskeln dehnen sich und ziehen sich immer wieder zusammen.
Ist es ein Orgasmus? Egal wie es heißt, es ist supertoll. Ich spüre heiße Säfte an meinen Beinen entlang rieseln. Jedes Haar, das durch die glühende Spur berührt wird, schreit auf und signalisiert mir unendliches Glück.
Antoine sucht meinen Mund und wir küssen uns. Unendlich lange, ganz zart. Ich finde es wunderbar, dabei dachte ich früher, küssen müsse nach genau überlegtem Plan ablaufen. Falsch, total.
Man braucht einfach nur ganz leise mit seiner Zungenspitze zu fühlen und schon leckt und stößt es wie von selbst. Ich wusste nicht, dass küssen so leicht ist.
Ich höre wieder jemanden stöhnen und gebe ihm recht. Stöhnen ist das einzige Gefühl, das jetzt zu dieser Situation passt.
Keine Worte, nur stöhnen und sich rollen, drehen, Beine schwingen, sich durchbiegen - es ist sensationell, was ein Körper, vor allem ein dicker Körper so alles kann.
Und das noch ohne Plan, ohne Bauch einziehen und ohne peinliche Scham. Es funktioniert alles bestens.
Die Nacht ist lang und total neu.

Noch nie im Leben habe ich dieses Karussell erlebt. Mein Körper bebt und empfindet einen Vulkan der Lust. Ich glühe, verglühe und spüre alles, überall. Nur nicht denken. Nur genießen, und das stundenlang ....

Verliebt

Antoine besucht mich jetzt jeden Tag und mein Leben wird runderneuert. Ich liebe es, morgens aufzustehen und mich schick zu machen. Ein Gefühl des ständigen Schwebens wird mein Dauergast. Sämtliche Arbeiten gehen schnell von der Hand. Mir tut die Liebe unglaublich gut. Niemals hätte ich gedacht, dass ich so etwas erleben darf. Mein Kater Otti bemerkt meine ständige Fröhlichkeit und freut sich mit. Ich beschließe, meinen Garten neu zu gestalten. Stundenlang renne ich durch die Gärtnereien, um neue Rosen, Lavendel und Clematis in den schönsten Farben zu ergattern. Eigentlich ist mir diese wunderschöne Welt der Pflanzen und des Pflanzspaßes neu. Ich schleppe kistenweise Material nach Hause und meine Veranda beginnt überzuquellen. Das Einpflanzen fordert Kopf und Körper. Antoine hilft mir dabei und wir schuften zusammen bis zum Abend. Geschafft! Super. Ich strahle übers ganze Gesicht, als wir uns unter die Dusche stellen. Ich lächele meinen Schatz an und bemerke eine leichte Wehmut in seinem Blick. Stimmt etwas nicht? Täusche ich mich oder ist er heute besonders ruhig? Mein Blick saugt seinen schönen Körper auf, als er meine Hand nimmt und sagt, seine Arbeit sei hier in Frankfurt zu Ende. Er müsse zurück nach Metz in die Hauptfiliale seiner Firma. Dabei weiß ich noch gar nicht so genau, was er eigentlich macht. Auf meine Frage hin erklärt er mir, sie bohren nach Wasser. Das Wasser meiner Dusche rauscht an unseren Körpern entlang und ich denke noch, warum Wasserbohren so notwendig ist. Wir haben doch genug. Ständig, täglich, immer. Aber nur bei uns.

WEG

Antoine ist weg.
Ich kann nicht denken.
Ich kann nicht fühlen.
Ich kann nicht sprechen.
Meine kleine Seele ist erstarrt und ich bin ein leerer Körper. Alle Gedanken, Gefühle, Empfindungen drehen sich nur um Antoine. Wo ist er hin?
Ich sehe auf meinem Tisch einen rosa Briefumschlag liegen und weiß, dass er etwas Schreckliches enthält. Etwas Ungewolltes!
Eigentlich mag ich gerne Briefe. Ich finde es toll mit einem Füller auf handgeschöpftes Papier zu schreiben. Ich freue mich auf jede Urlaubskarte aus aller Welt und mag ellenlange Briefe meiner Freundinnen. Aber dieser Umschlag macht mir Angst. Mein Puls wird schneller und meine Atmung steigert sich. Ich öffne den Brief und lese. Ich lese ohne zu begreifen, was mir die Worte sagen wollen.

Lieber Schatz,
meine Firma ruft mich nach Metz zurück. Du weißt, wie unendlich leid mir dies tut. Wir haben nach zwei Jahren endlich die Technologie des neuen Bohrkopfes verfeinert und beste Ergebnisse erzielt aber wir müssen nun in die Realität hinaus und ihn ausprobieren. Die Zeit am PC ist vorbei, Afrika wartet.
Ich vermisse dich jetzt schon und bin erst zwei Stunden weg von dir. Heute Abend rufe ich an und wir reden. Über alles. Auch über meine unendliche Liebe zu dir. Den Abend herbeisehnend, küsse ich dich in Gedanken.
Antoine

Durch das offene Fenster versuche ich die frische Luft einzuatmen. Meine Lungen ringen nach dem kühlen Wind, aber die ersehnte Wohligkeit bleibt aus.
Leichter Frost durchflutet meine Beine. Beim Gehen wanke ich leicht hin und her. Ich fröstele und lege mich wieder hin. Heute bin ich zu schwach, um zur Arbeit zugehen. Ich telefoniere mit meinem Chef. Der freut sich wenig, als ich ihn um Urlaub bitte.
„So kurzfristig ist nicht ideal, aber wenn Sie krank sind, ist es besser als ein Krankenschein."
„Blödmann!" denke ich und verweise auf die 128 Überstunden des letzten Jahres, die ich, wie so oft, nicht rückgefeiert hätte.
Inventar! Man wird nach 9 Jahren zum Inventar!
Meine Freundinnen mag ich nicht anrufen, ich bleibe nur im Bett. Allein.
Ich träume von Antoine und lasse die letzten Tage in meinem Kopf spazieren.
Nach vier Stunden Bettruhe quäle ich mich aus dem zu warmen Nest und schalte meinen Computer an. Ich versuche die Website von Antoines Firma zu finden. Geschafft. War nicht schwierig.
Beim Studieren der ökologischen Situation in Bembam wird mir die Dringlichkeit der afrikanischen Wasserbohrungen klar. Erstaunlich wie genügsam die Eingeborenen sind. Tragen stundenlang Wasserbehälter in ihre Dörfer. Unfassbar. Wir in Deutschland hätten dafür gar keine Zeit. Oder?
Welch trübe Gedanken. In Bembam kein Wasser, ich keinen Menschen neben mir.
Antoine, Antoine, Antoine.
Das Leben ist die Hölle.
Ich versuche, mit Sport meine Traurigkeit zu

überbrücken. Die Übungen absolviere ich gedankenlos.
Mir ist alles egal. Mein Hirn schwimmt in Watte.
Ich beachte meine Turnschwestern nicht, die heißen
Musikrhythmen bringen mich nicht in Stimmung.
Energielos fahre ich nach Hause.
Was tun?
Ich sitze mit Otti, meiner kleinen runden Katze auf der
Couch und zappe die Liste der Sender auf und ab.
Tiersendung - nicht schlecht.
Kochsendung - saublöd.
Problemsendungen - im Gericht, auf Wohnungssuche,
in einer dreckigen Küche, mit einem Schuldencoach.
Totaler Quatsch!
Jeder lässt sich heute coachen. Niemand hat sein Leben
im Griff.
Mir geht es momentan genauso. Ich schwimme in
einem emotionalen Vakuum. Wo ist mein Coach?
Nichts macht mir Spaß und ich habe doch eigentlich
Urlaub.
Urlaub - genau, das ist es. Ich muss weg. In die Welt
reisen, mich verwöhnen lassen. Wellness trallala,
Massagen trallala, Sonnenbäder, mmh.
Also rasch ins Reisebüro.
Ich werde in Urlaub fahren.
Bei meinen Aktivitäten, die ich dann im Urlaub
absolviere, werden auch meine Pfunde purzeln und ich
straff und schmaler erscheinen. Warum ist mir nicht
schon gleich eine solch großartige Idee gekommen?
Othello wird zwar etwas trauern, mich aber nach
einigen Tagen vergessen haben. Man soll sich nicht so
wichtig nehmen.
Im „Reisebüro Nirvana" wuselt ein agiler Späthippie
zwischen Bergen von Urlaubsprospekten herum. Er

unterbricht kurz sein Tun und scannt mich mit einem Kennerblick ab.
„Bin gleich soweit," nuschelt er und taucht wieder unter. „Mit was?" rufe ich.
Erstaunt erscheint ein Zottelhaarturm von unten mit sonnengebräuntem Gesicht voller Falten und kleinen braunen Flecken. Lächeln!
In einer Fachzeitschrift habe ich mal über die „Faulplackenkrankheit" gelesen. Bei uns auf dem Dorf nennt man diese Hautflecken oder Altersflecken „Placken", also richtig wäre „Faulfleckenkrankheit" oder so.
Egal wie es heißt, ich denke, er hat sie.
Zwei wache wasserblaue Schweinsäuglein blinken mich an. Wäre ich im Geschäft von Herrn Hund, würde ich die Abteilung für Vogelzucht aufsuchen. Ich denke, der Kerl ist in der Mauser. Sein zotteliger Haarturm hat schon gesündere Zeiten gesehen.
„Wo soll es denn hingehen, junge Frau, fragen sie mich einfach, ich war schon überall." Superaussage.
Wie soll ich einem solchen Menschen meine Wünsche anvertrauen? Ich weiß selbst nicht, wohin es gehen soll und vor allem, was ich dort will.
Ich nehme mir Prospekte aus dem Regal und dann ab die Post nach Hause.
Zu spät.
Mein Zögern war zu lange, Mr. Reisebüro sieht mich ernsthaft an und weiß Bescheid.
„Es soll was mit Aktivitäten sein? Soll Liebeskummer vertreiben, nicht wahr? Gesundes Essen, Gleichgesinnte, Wellness - stimmt`s?"
Ich nicke ergeben seiner hellseherischen Fähigkeiten.
„Nah, Mittel, Fern?" Ich denke nach und sage : „Fern!"

„Sterne?" Sofort spitzen sich meine Lippen, um vier Sterne oder mehr zu rufen, da bedenke ich meine total traurige Stimmung und sage: „Egal."
Klever! Wo nichts auf dem Teller ist, muss man nicht lange aussuchen. Wenn schon Kummer, dann wenigstens dünner werden. Verführung ade. Ich tue mir selbst leid.
Mein Gegenüber vertieft sich in den PC und zeigt mir ein wunderschönes kleines Hotel mit einem Riesenpool unter einem schattigen Baum.
Wie nett es aussieht. Ich hasse nett, wenigstens jetzt.
Das Zimmer scheint ordentlich. Die Bettstelle ist von Tüchern überhängt und die Holzarbeiten sind grob und stabil.
Na, dann kracht auch nichts zusammen, denke ich noch, als er mir einen Berg von Katalogen, Heften und wer weis noch was in eine Plastiktüte schiebt.
Toller Aufdruck - „Herzensurlaub, für Dich."
Ich schäme mich ein wenig, dass ich so unfreundlich bin und ihn innerlich Mr. Reisebüro genannt habe und sage spontan: „Schauen Sie doch mal, ob was frei wäre?"
Er kämpft mit der PC-Maus herum und findet einen Abflug am Samstag ab Frankfurt.
Vierzehn Tage insgesamt 1690 €. Er meint, es wäre ein Schnäppchen. Ich denke, „naja".
Zwei seiner Kunden flögen ständig runter und sind mit der Unterkunft zufrieden. Ich solle mir aber alles mal in Ruhe ansehen.
In Ruhe? Denkt er vielleicht, nur weil ich kräftig und etwas behäbig wirke, wäre meine Entschlusskraft auch langsam.
Ich versuche, einen sportiven Eindruck zu machen,

stelle mich aufrecht hin, Bauch rein, Brust raus und sage: „Wie steht`s mit der Verpflegung? Wissen Sie, ein paar Pfunde weniger tun mir ja auch gut."
Er lacht und berichtet, dass beide Kunden von einer „merklichen Reduktion" gesprochen hätten, als sie das letzte Mal unten gewesen wären.
Na also, was will ich mehr.
Soll ich mich selbst von meinem Plan abbringen und mir jeden Tag ein anderes Ziel aussuchen. Ich kenne mich ja. In vielen Dingen kann ich mich nicht entscheiden. Ich wähle aus und aus, bis mir zuletzt doch nichts gefällt.
Also, neue Strategie - Abenteuerurlaub.
Ich buche gleich, der Termin stimmt. Frankfurt liegt in der Nähe und das Bild sagt alles aus. Klein aber fein. Großer Pool, stabiles Zimmer, nette Einrichtung.
„Welche Verpflegung würden Sie mir empfehlen?"
Aber zu spät, er weiß schon meine Frage. „All inklusive würde ich mal sagen."
„Normale einfache Mahlzeiten, nichts kompliziertes. Schon gar nicht opulent. Aber frisch muss es sein, alles frisch, reine Ökoprodukte. Für eine innerliche Reinigung ideal.
Entschlacken, regenerieren und neu geboren werden. Ein etwas anderer Urlaub. Auch sehr gut gegen Liebeskummer geeignet."
Warum nicht?
Kurz entschlossen buche ich die Reise und gebe die Tasche mit den Katalogen zurück.
Mr. Reisebüro wirkt entrückt, irgendwie glücklich und fern. Er versucht in Zeitlupe aus dem Nirvananebel meine Buchung in den PC einzugeben.
Am nächsten Tag meldet sich eine freundliche Dame

aus dem Reisebüro bei mir und will mit mir die gestrige Buchung noch einmal durchgehen. Ihr Kollege, Herr Übersee, sei erkrankt und sie habe die Unterlagen noch einmal durchgesehen und dabei eine merkwürdige Flugsituation entdeckt. Nun hätte sie einige Fragen an mich.

„OK," sage ich ruhig, legen Sie mal los.
„Wissen Sie, ich kenne die meisten Flugverbindungen. Aber in ihrem Fall wird es schwierig oder sogar unmöglich, wenn Sie das buchen wollten. Also, Sie wollen von Frankfurt nach Goa fliegen. Abflug, Samstag 14 Uhr. Ist das richtig"? „Ja."
„Dann meine Frage: Wie ich den Unterlagen entnehme, würden Sie aber schon Sonntagabend gerne wieder zurück fliegen. Und zwar ab Bali. Stimmt das? Ist das ihr Wunsch? Vielleicht hat mein Kollege eine Eingabe versehentlich falsch eingegeben. Er war gestern gesundheitlich schon angeschlagen, es ging ihm gar nicht gut, da kann einem so was mal passieren, sollte aber nicht sein. Wir haben das Vieraugenprinzip und deshalb habe ich die Unterlagen auch nochmal durchgesehen. Wir machen das immer so. Service am Kunden, damit alles nach Wunsch läuft."
Ich stehe wie versteinert am Telefon.
Wieso Goa? Sonntags von Bali zurück? Was habe ich denn da gebucht?
Ich verstehe momentan nichts mehr. Mein Hirn denkt im Leerlauf. Hirnfrass.
Ich wollte doch nach...? Oh Gott, in meiner Lethargie habe ich ganz vergessen, wohin ich eigentlich wollte. Was habe ich überhaupt gebucht?
Fange ich jetzt an zu spinnen?
Eigentlich wollte ich gar nicht in Urlaub fahren. Ich

will eigentlich nur zu Antoine, nach Afrika, genauer nach Windhoek. Dann nach rechts per Karte.
Und jetzt muss ich nach Goa oder wer weiß wohin. Ich flippe aus, mein Hals wird eng.
Ich kriege keine Luft mehr und fange an heftig zu japsen.
„Ruhig, bitte bleiben Sie ruhig, ganz langsam, ich habe Zeit für Sie," sagt der Engel am anderen Ende der Leitung.
Ich atme durch und alle Ängste und Herzensleid der letzten Tage lassen meine Tränen fließen.
„Entschuldigung, ich bin etwas aus der Fassung. Es hat nichts mit Ihnen zu tun, sondern mit dieser gebuchten Reise."
Und so erzähle ich einer fremden Frau am Telefon, wie ich nur aus Verzweiflung gebucht habe, aber gar nicht wisse, wohin und warum.
„Sie haben sich verliebt und zwar gewaltig," sagt mein Gegenüber. „Ich empfehle ihnen einen Spaziergang an der frischen Luft. Überlegen Sie, ob wir Ihre Reise nicht stornieren sollen und ich buche Ihnen eine tollen Flug zu dem Mann, den Sie lieben. Wäre das keine gute Lösung?"
„Oh ja!" Schlagartig wird mir klar, wie recht sie hat.
„Können Sie bitte die Buchung stornieren, ich komme heute Mittag zu Ihnen und dann buchen wir richtig."
Ich lege auf und fühle ein Glücksgefühl in mir aufsteigen. Alles wird gut.
Mit einer dampfenden Tasse Kaffee setze ich mich auf die blühende Terrasse.
Vor lauter Frust hätte ich einen Riesenfehler gemacht. Eine himmlische Macht hält mich von einer idiotischen Reise ab, die ich gar nicht machen wollte. Zum Glück

ist „Mr. Übersee" krank geworden.
Ich schlürfe den heißen Kaffee.
Einatmen, ausatmen. Ein, aus.
Tut gut.
Ich beruhige mich weiter.
Einatmen, tief atmen, ausatmen, tief atmen.
Ein sanftes Kitzeln auf meiner Hand lässt mich nach unten blicken. Eine Ameise, klein, rennt sich die Beine aus dem Bauch, um ihre Beute in das kleine Schlupfloch am unteren Baumstamm zu bringen. Ich beobachte sie. Sie rennt hoch, über meine Hand, rennt nach unten, wieder über meine Hand. Immer vorwärts, immer schnell.
Ohne Pause.
Ohne sich um das Leben um sie herum zu kümmern.
Ich sehe und staune.
Eigentlich bin ich wie die kleine Ameise. Immer fleißig, immer exakt, immer nach Plan - aber eigentlich ohne Sinn. Wäre mir diese Erkenntnis bei einem Yogakurs gekommen, wäre ich darauf gefasst gewesen. Aber heute kommt dies Erkenntnis wie ein Schlag in die Magengrube.
Mein Leben ist sinnlos.
Nur zum eigenen Zweck gedacht. Essen, Trinken, Arbeiten - ein Tanz um das eigene Universum. Und dann kommt Antoine und öffnet mir die Augen. Zum Leben und Lieben. Es stimmt, mir wird warm ums Herz.
Ich bin verliebt. Oder? Nein, nicht solala. Ich hatte ja schon mehrere Flirts, aber nichts, was sich so gut angefühlt hat. Männer habe ich immer als Beiwerk gesehen. Zum Ausgehen, Flirten und Tralala. Aber jetzt. Ich liebe wirklich. Endlich. Ich lebe.

Mein Wunsch, Antoine zu treffen wird ungeheuer groß in mir. Ein Kloß verengt meinen Hals. Trauer steigt nach oben. Ich weine. Es rinnt und rinnt und rinnt. Gefühlte hundert Jahre bin ich alt. Vertrocknet, einsam, allein.
Ich quäle mich an den PC, suche die Adresse der Zentrale in Metz und frage nach der Baustelle, auf der Antoin arbeitet. Ruckzuck habe ich die Adresse heraus bekommen.
Google, google, google... schon hab ich die riesige Baustelle entdeckt.
Unglaublich.
Inmitten einer Wüstenlandschaft liegt verborgen ein unterirdischer Megasee!
Riesig!
Eine Karte mit Lageplan drucke ich mir aus. Vom Flughafen Windhoek nach Swakopmund, dann nach rechts. Wüste, Wüste, Wüste und dann ist man schon da. Einfach, also wenn das auf der Karte stimmt. Sieht nicht sehr weit aus.
Namibia ist recht überschaubar, zumindest auf dieser Karte, in diesem Format.
Auf ins Reisebüro! Afrika, ich komme!
Langsam steigt Vorfreude in mir hoch.

Afrika, ich komme!

Ich reise mit Otti nach Afrika. Zum Glück ist er geimpft und sein Katzencontainer, der eigentlich bei Impfungen oder Tierarztbesuchen zum Transport gedacht ist, steht griffbereit. Eine kuschelige Minidecke hinein und schon geht's los.
Ottis Köfferchen mit dem Katzenfutter ist vom ganzen Gepäck das schwerste.
Die noch notwendigen Erledigungen wie Urlaubsantrag, Medikamente für die Reise besorgen, Zeitung abbestellen, Nachbarin zum Blumengießen engagieren, Freunden die Nase lang machen und letztlich meine Familie von dem kurzfristig überlegten Trip zum eventuell zukünftigen Traummann informieren.
Beunruhigend war die Reaktion meines Chefs. In unserem Labor laufen die Geschäfte in letzter Zeit merklich ruhiger. Ich arbeite ja in einer kleinen Firma und habe ein interessantes, aber eintöniges Dasein. Ich teste momentan Molekularstrukturen in flüssigen Arbeitsstoffen und es macht mir Spaß. Leider sitze ich meistens allein vor meiner Werkbank und da ich immer da bin, also selten nicht dort sitze, wird es einige Zeit dauern, bis sie mich vermissen. Meine Kollegen sind ja ganz prima, wie halt Kollegen so sind und mein Chef schien mürrisch aber nicht unglücklich zu sein, als ich ihn um Urlaub nebst Überstundenabbau bat. Sogar die drei Wochen Überstunden schienen kein Problem. Merkwürdig!
Ich verabschiede mich mindestens für sechs Wochen und er hat, naja sagen wir, er zeigt Verständnis. Ein

dumpfes Magendrücken sagt mir, das etwas im Busch ist, als er mir eine gute Reise wünscht und mir freundschaftlich auf die Schulter klopft.
Nachdenklich verlasse ich das Labor und wundere mich immer mehr über sein Verhalten.
Der Wecker klingelt.
Endlich, nach hektischen sieben Tagen, geht es los. Ich schlüpfe in mein neues Kleid mit afrikanischen Mustern, das ich gestern in dem Laden neben dem Reisebüro erstanden habe, platziere Otti in seinem Container und auf geht´s zum Flughafen. Wir lassen uns mit dem Taxi kutschieren. Im Taxi versuche ich, Antoine per Handy zu erreichen, aber seine Mailbox meldet sich.
Kein Problem. Ich bin glücklich und so aufgeregt. Leider darf ich Otti nicht mit ins Flugzeug nehmen, sondern er wird separat eingecheckt. Katzencheck! Kein Problem für meine Mieze. Er ist gerade eingeschlafen.
Nur sein Köfferchen mit Katzenfutter wird problematisch. Lebensmittel dürfen nur per Paket verschickt werden. Ich bräuchte ein „soundso" großes Paket, blablabla.
Es ist nicht zu fassen, so viele Vorschriften. Also ruhig bleiben und freundlich schauen.
Ich versuche dem ungeduldigen Menschen am Gepäckcheck die Situation zu erklären. Er versteht nur Bahnhof. Ich versuche es nochmal, in Ruhe und mit meinem schönsten Lächeln. „Lecker, lecker," witzelt er und mein Köfferchen verschwindet in einem großen Paket. Noch einige Aufkleber und schon rollt er auf dem Band zum Flugzeug.
Ich weiß nicht, was der gute Mensch zuerst verstanden

hat, aber es klappt dann doch prima. Noch ein bisschen die Beine vertreten und schon werden wir aufgerufen ins Flugzeug zu gehen.
Juhuu! Ein Fensterplatz, welch ein Glück.
Ich verstaue mein Handgepäck und versuche gleichmäßig zu atmen und artig zu schlucken, bis die Maschine ihre Flughöhe erreicht hat.
Geschafft, wir sind in der Luft.
Fleißige Stewardessen wieseln hin und her. Es gibt etwas zu essen. Eine hübsche Flugbegleiterin reicht mir das Tablett mit den Leckereien. Sie betrachtet mein afrikanisches Kleid und sagt: „Tolles Kleid. Ich mag die asiatischen Muster sehr."
Ich antworte „Ähm, danke," betrachte die angenommenen afrikanischen Muster und entdecke zu meinem Erstaunen kleine Rikschas mit Blütenkränzen geschmückt. Nach dem Urlaub muss ich mal zum Augenarzt. Egal, das Muster ist entzückend.
Zum Essen gibt es ein Reisgericht. Passt doch, denke ich.
Nachdem mein Bauch gespickt ist und ich meine richtige Position im Sessel gefunden habe, schlafe ich ein.
Ein Duft nach frischem Kaffee weckt mich aus meinem Schlaf. Noch bevor ich die Augen richtig geöffnet habe, erschrickt mich ein dampfendes, weißes Etwas vor meinem Gesicht. Ich bin sofort hellwach und eine freundliche, total ausgeruhte Flugbegleiterin drückt mir ein kochend heißes Tuch in die Hand.
„Gesicht und Hände abwaschen" lacht sie mir entgegen und ich bin mit einem Schlag hellwach. Wie angenehm das feuchte Tuch duftet, Zitrone oder so. Hmm.
Mein Magen freut sich auf das Frühstück und die Uhr

zeigt mir an, dass der Flug in zwei Stunden schon überstanden ist. Welch eine technische Meisterleistung, während des Schlafes über den Wolken zu fliegen. Herrlich. Man fliegt und schläft. Wie auf Knopfdruck vergeht die Zeit. Man wird wach und sitzt in einem Sessel, himmelhoch. Super!
Noch schnell zur Toilette und schon landen wir in Namibia.
Nach dem Checkout durch freundlich lächelnde Menschen stehe ich mit Otti, meinen Koffern und verdutztem Gesicht vor dem Flughafen.
Frankfurt ist anders. Der Frankfurter Flughafen ist eine Welt für sich.
Hektik, Glasfassaden, Menschenströme, Ansagen, Gedränge, Hightech.
Ich schaue nach rechts und links. Keine Hochhäuser. Staubige Straßen mit wuselndem Verkehr. Freundliche Menschen, lachende Menschen, rennende Menschen. Händler mit Textilien und fremdartigen Gewürzen stehen schon am Ausgang bereit, um ein lohnendes Geschäft zu machen. Schwatzende Gruppen mit spielenden lärmenden Kindern. Ein farbenfrohes Bild des Lebens zwischen knatternden Motorrädern und hupenden Autos.
Aufgeregt beobachte ich das fremdländische Treiben, als mich ein Taxifahrer anspricht. Er
wedelt dabei mit einem Schild auf dem der Name „Miss Annabell Meyer" in großen Lettern geschrieben steht. Ich werde empfangen, oh wie schön. Antoine hat ihn, zusammen mit einem Brief an mich, geschickt und ich bin sehr froh, dass ich diesem Hexenkessel nun entrinnen kann.
Ich bedanke mich mit meinem besten Schulenglisch, als

er das Katzenkörbchen vorsichtig hochhebt und ins Auto stellt. Geschwind trage ich die Futtertasche zum Taxi, als er schon meine Koffer einlädt. Das ging ja besser als gedacht. Der Fahrer zeigt nochmals auf meinen Brief in meiner Hand und schon braust er los. Im wahrsten Sinn des Wortes.
Klasse, denke ich, er weiß Bescheid. Hat ja prima geklappt.
Ich befreie Otti aus seinem Container und füttere ihn etwas aus meiner Hand. Otti ist dankbar, knabbert alles ratzeputz auf und wir schauen uns die Landschaft an. Ein kleiner Grasstreifen wird gerne als Katzentoilette angenommen. Alles klappt bestens.
Roter Boden wie Lehm, überall rot.
Kleine Dörfer mit spielenden Kindern, die uns gespannt nachblicken.
Wir fahren und fahren. Langsam öffne ich den Brief. Antoine hat mir eine Rose gemalt und schreibt, dass er sich riesig freut, wenn wir uns in zwei Tagen sehen.
Wie in zwei Tagen?
Er schreibt, der Weg sei sehr weit und es sei nicht ratsam, nachts zu fahren.
Ich dachte, wir sind heute Abend im Camp!
Antoine hat mir eine Zwischenübernachtung bei Johns Tante gebucht. John ist mein Taxifahrer, ein überaus lustiger Geselle. Er bietet ein Komplettprogramm an Unterhaltung. Sein Radio krächzt und quietscht, aber das macht ihm nichts aus. Fast jeden Refrain kann er mitsingen und versucht sich öfter in einer zweistimmigen Version. Bei einigen Liedern klatscht er in die Hände und ich bete, dass er auf der Straße die Richtung nicht verliert.
Mit einem Ruck hält unser Taxi nach einigen Stunden

vor einer verfallenen Hütte und ich bin ratlos. Wo bin ich nur? Ist das die erwähnte Übernachtungsmöglichkeit? Wohl kaum.
Oder doch?
Eine einsame Hütte mit bunten Stofftüchern als Vorbau, gehalten von trockenen Zweigen
wirkt baufällig und ungewöhnlich. Und weit und breit nur Sand. Felsen. Gestrüpp.
Mein Taxifahrer grinst mich an. Seine weißen Zähne leuchten makellos. Er winkt mich aus dem Wagen.
„Aussteigen, Lady. Bis morgen."
Er zeigt mir 9 Finger an seinen Händen, schaut verschwörerisch, nickt mir aufmunternd zu und fährt mit dem Taxi davon.

Malaau

Ich kann nicht glauben, wo ich bin. In einer Steppe oder Wüste, vielleicht auch Halbwüste. Keine Ahnung. Meine Koffer zähle ich nach, alles da.
Eine Bewegung im Zelt lässt mich zurück blicken. Eine alte runzelige Frau im wallenden Gewand und Tücherturban kommt auf mich zu, nimmt zwei Koffer und trägt sie ins Zelt. Kurz darauf stehen alle Koffer im Zelt und ich sitze mit meiner Katze auf einer bequemen Decke und trinke einen scharfen Tee. Die Kräuter, die zerstoßen im heißen Wasser schwimmen, erinnern an gepfefferten Pfefferminz. Eigentlich ganz lecker, denke ich. Otti schleckt eine Schale verdünnter Ziegenmilch und wir beide genießen die Gastfreundschaft der fremden Frau. Die Alte setzt sich zu uns, nimmt meine linke Hand und betrachtet sie genau. Als ob sie eine Zeitung lesen würde, dreht und wendet sie die Hand. Ihre Augen blitzen freundlich und ich fühle mich unendlich wohl. Otti rollt sich zusammen und schläft ein.
Ich habe keine Angst vor der Fremden und will ein Gespräch beginnen. Ob sie mich verstehen kann? Ich zeige auf mich und sage „Annabell." Sie antwortet „Malaau."
„Fast ähnlich," sage ich, wir beide lachen.
Ich suche in meiner Tasche einen Zettel und male einen Bohrkopf an einem Kran.
„Antoine," sage ich, zeige meinen Ringfinger noch ohne Ehering und werfe einen Kuss in die Luft. Sie versteht und zeigt mir 9 Finger. Es ist die gleiche Geste wie bei dem Taxifahrer. „Na, dann scheint ja alles in

Ordnung," sage ich und hoffe, dass dieses Abenteuer gut endet. Malaau. Ich gehe zu ihr und helfe, eine merkwürdige Konstruktion zu drehen. Mal drehe ich, mal sie. Ein Spiel? Wer weiß.
Es wird langsam dunkel, die Sterne flackern immer größer werdend am Abendhimmel. Noch nie habe ich einen so schönen Sternenhimmel gesehen. Satt und mit Tee versorgt betrachte ich eine fremde Welt. Afrika, wer hätte gedacht, dass ich einmal in einem afrikanischen Zelt logiere unter dem schönsten Firmament, das man sich vorstellen kann.
Malaau bringt mir eine Decke und ich kuschele mich wie meine Katze darin ein. Die Sterne winken mir noch zu, da schlafe ich auch schon ein.
Aus der Ferne höre ich leises Tuscheln und ganz zart streichelt etwas über meinen Arm. Ach Otti, denke ich, lass mich noch schlafen. Ich räkele mich auf meiner Decke und blinzele in die Morgensonne. Gefühlte tausend Augen, groß, schwarz, strahlend, sehen mich an. Ich hebe meinen Kopf etwas an, als schlagartig alle Personen, zu denen die Augen gehören, wie beim Kreistanz nach hinten springen.
Kinder, kleine, große, Teenager, alle stehen um mich herum und bestaunen etwas.
Mich!
Hoffentlich kriecht hier keine Schlange, denke ich noch, was glotzen die denn so.
Ich bewege mein Bein, um aufzustehen und schon wieder springt die Gruppe zurück.
Sie haben vor etwas Angst. Sie haben Angst vor mir!
Ich drehe mich auf die Seite, weil mir das Aufstehen vom Boden mit eingeschlafenen Gliedern schwer fällt. Ein erstauntes Raunen geht durch die Gruppe. Zu allem

Elend muss ich auch noch kräftig niesen und schon rennen alle Kinder davon, als wäre der Teufel hinter ihnen her.

In großzügigem Abstand versammeln sich die Gejagten und schauen mit nickenden Köpfen in meine Richtung. Sie haben Angst vor mir, denke ich. Oh Gott! Was erschreckt sie so?

Ich setze mein fröhlichstes Lächeln ein und winke den Kindern zu. Mittlerweile bin ich auf den Beinen und schüttele meine Glieder aus. Etwas Sand schmecke ich auf der Zunge und ich hoffe auf fließendes Wasser, um meine Zähne zu putzen.

Zu den Kindern haben sich einige Erwachsene gesellt. Sie schwatzen und weisen mit den Fingern auf mich. Langsam und vorsichtig nähert sich die Truppe.

Ich bleibe einfach stehen und sehe sie an. Sie bleiben stehen und sehen mich an.

Malaau bringt mir ein Gefäß. Ich hoffe doch, dass es Suppe ist. Ich schlürfe ein wenig davon und bin erleichtert. Es ist Suppe.

Mein Magen füllt sich und ich freue mich auf einen aufregenden Tag als wandelnde Attraktion. Die Menschenmenge wird größer und die Diskussionen lauter.

Malaau ruft ihnen etwas zu und sie zeigen 9 Finger. Die Gruppe entfernt sich daraufhin bis auf einen kleinen Jungen, der wie angewachsen stehen bleibt. Er nähert sich vorsichtig und schaut mich mit großen Augen an. Ganz langsam und vorsichtig hebt er seine Hand und berührt meinen Arm. Mit leichtem Druck streichelt seine kleine Hand über meine Haut. Er scheint erstaunt und sieht Malaau fragend an.

Malaau sagt etwas zu ihm und er nickt mit dem Kopf.

Mich forschend umkreisend macht sich das Kind schließlich davon. Ich gehe in die Hütte und suche in meinem Koffer nach der Zahnbürste. Gefunden. In die Suppen tunken und Pasta drauf. Eigentümlich, aber es funktioniert. Malaau sieht sich meine Bemühungen an und winkt mir, ihr zu folgen. Sie weist auf mein Necessairemäppchen und verlässt das Zelt.
Ich folge ihr.
Nach einigen Minuten schweigenden Gehens durch die Savanne sehe ich einige Felsenstücke aus dem Sand ragen. Unter dem Felsen ist ein Wasserloch gegraben. Malaau senkt einen Eimer in das Loch und hebt frisches Wasser heraus. Sie zeigt mir mit einer Handbewegung, dass ich mich waschen kann.
Welch eine Wonne.
Noch nie hat mich Wasser so erfrischt. Ich genieße es mit einem Waschlappen das kühle Nass auf meinem Körper zu verteilen.
Trotz Kleidung hat die Katzenwäsche den erhofften Effekt. Ich fühle mich klasse.
Malaau trägt das aufgefangene restliche, sowie das im Eimer verbliebene Wasser zu ihrer Hütte. In der Nähe ist eine schiefe dürre Hecke zu erkennen. Malaau führt mich hin und deutet mir an, dass dies ihre Toilette sei. Dankbar nehme ich die Örtlichkeit in Augenschein. Das stille Örtchen ist nicht einsehbar, gut durchlüftet durch den ständigen Wind und ich kann mich, versehen mit dem restlichen Wasser und einigen Papiertüchern, den afrikanischen Gepflogenheiten gut anpassen.
Neben der Toilette steht eine Schaufel und ich merke zum ersten Mal, wie unsere Zivilisation uns automatisiert.
Der Sand ist goldgelb und pudrig. Trotzdem fällt er

schwer. Ich erinnere mich an meinen Sandkasten von früher und Heiterkeit steigt in mir hoch.
Summend schlendere ich zum Zelt, als ein Miniwirbelsturm an mir vorbei saust.
Was war das?
Vielleicht gibt es hier Löwen? Wäre dann aber ein kleiner gewesen. Nein.
Ein Wüstenfuchs vielleicht? Nein, zu groß.
Ein afrikanisches Ungeheuer so groß wie meine Katze.
Oh Gott, Ottiiiiiiiii!
Ich renne zurück, meiner gelben Staubkatze nach. Otti saust einen kleinen Hügel hinauf, als wäre der Leibhaftige hinter ihm her. Fast oben angekommen überschlägt er sich vom eigenen Schwung und rollt seitwärts den Hügel wieder hinab. Ungläubig, mit großen weit aufgerissenen Augen blickt er mich an, springt auf die Füße, nein Pfoten, und rennt wieder den Hang hinauf.
Mein Puls wird schneller, ich verstehe meine Katze nicht, ich renne auch den Hang hinauf und sehe wie Otti sich erneut rollt. Ich weiche ihm aus, um ihn nicht mit meinem Fuß zu erwischen, da rutsche ich auch schon den Hang hinab. Zuerst auf dem Po, dann in Seitenlage.
Otti und ich sitzen im Sand und wir lachen. Also ich denke mal, er lacht.
Er wackelt mit seinem großen Kopf so stark, dass der Sand aus seinem Fell fliegt.
Dann springt er in die Luft. Wirklich er springt.
Mein übergewichtiger Kater vermag seine Masse freudig in die Luft zu werfen.
Ich kann es nicht fassen. Otti bewegt sich nicht nur, er hat Spaß.

Also gut, Freundchen, mal sehen, wer die bessere Kondition hat. Ich klettere auf den kleinen Hügel, umringt von meiner mich umrundenden Katze. Ich versuche, sie zu greifen, doch keine Chance, Otti hüpft und rollt wie ein Wirbelwind.
Ich versuche einen Trick und rolle mich zusammen. Das wirkt. Otti schnuppert sich heran, ich greife ihn und schon rollen wir beide den kleinen Hang hinab. Selten hatte ich in letzter Zeit so viel Spaß. Ich stelle mich auf und schüttele den Sand von meinen Kleidern. Bis auf die Ohrmuscheln ist jetzt alles wieder o.k. Otti schüttelt sich, leckt sein Fell, spuckt Sand aus und rennt Richtung Zelt davon.
Habe ich das jetzt richtig gesehen? Wer schleicht denn da ums Zelt?
Ein Spargel mit Haaren. Farbe undefinierbar, Figur bizarr lang wie Pinocchios Nase.
Malaau winkt mir aus dem Zelt zu und ich freue mich auf ein afrikanisches Frühstück.
Der Tee duftet aus dem Topf und ein flacher Teller aus Metall hängt über dem Feuer.
In einem großen Gefäß hat Malaau eine Masse gerührt oder geknetet, keine Ahnung was es ist. Sie formt einen runden Fladen oder Pfannkuchen und lässt ihn auf den Teller gleiten. Dann streut sie ein gelbes Etwas darauf und lässt es brutzeln. Ich hoffe es war kein Sand. In dieser Gegend habe ich außer Sand noch nichts gesehen.
Ein leichter Geruch von frischem Popcorn liegt in der Luft, als ich meinen ersten afrikanischen Soundso auf meinen Teller, aus gebundenen Blättern, bekomme.
Ich schaue mir an wie Malaau gekonnt den Fladen formt und mit einer Eleganz verspeist, die mich ganz

verlegen macht.
Wieso gaffe ich sie an? Wer erlaubt mir denn, sie so anzugaffen?
Sie, die ohne mich zu kennen, ihr Zelt für mich öffnet, mich umsorgt und bemuttert.
Eine tolle Frau!
Fremd, anders, würdig.
Ich mache ihr einfach alles nach, denke ich, und es klappt. Noch nie war ich so schnell satt und es schmeckte köstlich. Leise schnurre ich vor mich hin.
Zart kitzeln starre Haare meinen Arm. Das Schnurren gehört zu meinem kleinen Schatz.
Ich dachte auch schon. Schnurren, ich?
Es ist, weil ich mich so wohl fühle.
Keine Ahnung wo ich bin, wo Antoine arbeitet, ob ich ihn überhaupt finde. Momentan egal, ich fühle mich hier einfach sauwohl.
Bestimmt finde ich ihn.
Keine Panik.
Keine Hektik.
Kein schlechtes Gewissen.
Keine Figurprobleme.
Einfach nur warmes Wohlgefühl.
Die warme Luft atmet mich. Herrlich.
Ich suche die Tasche mit Ottis Katzenfutter und krame eine Dose heraus. Auf einem Blätterteller serviere ich ihm ein afrikanisches Katzenmenü.
Doch was ist los? Er schaut mich an, blinzelt mehrfach mit seinen grünen Augen und verschwindet. Hat der eine Sonnenstich? Oder was gefällt ihm nicht.
Normalerweise frisst Otti schneller das Futter weg, als ich den Teller füllen kann. Theoretisch ist der Teller noch frisch, der Belag schwindet sonst in

Sekundenschnelle dahin. Naja, er wird schon wiederkommen.
Ich versuche mich etwas nützlich zu machen und räume auf. Sollte ich das kostbare Wasser wirklich auf ein Papiertuch schütten, um abzureiben. Während ich mir noch Gedanken mache, sehe ich mich um.
Es ist alles einfach, aber sauber. Nichts wo ich mit meinem Läppchen drüber wischen könnte. Alle Gegenstände sind natürlich gewachsen und strahlen einen soliden Ausdruck aus. Die Hölzer der Hocker haben eine orangenen Verlauf. Ein Tischlein wurde aus dünnen elastischen Zweigen gebunden. Verstärkt durch eine robuste Wurzel von unten hat es eine erstaunliche Festigkeit. Die Farben der Tücher, die das Zelt umwehen reichen von dunkelrot bis sandgelb. Toll. Unglaublich. Wo findet man so was? Wer stellt das her? Auf einer Frankfurter Möbelmesse hatte ich vor Jahren geflochtene Mangrovenmöbel gesehen. Der Designer verlangte eine Menge Geld für seine geniale Idee.
Hier sehe ich Möbelstücke aus der Natur, unglaublich schön und doch zweckmäßig.
Da könnte man viel Geld damit machen, denke ich, als Malauu mich sanft an der Wange streichelt. Es ist, als ob mich meine Mutter in den Arm nimmt. Ich lehne mich an sie und lausche. Der Wind knistert. Die heiße Luft umfängt einen, wie ein Korsett. Es riecht fremd. Dösend sitzen wir nebeneinander.
Leichte Schmatzlaute dringen durch den Stoff. Ich glotze durch eine Ritze und sehe den ultradünnen Kater neben Otti sitzen.
Gemeinsam!
Zu meinem Erstaunen teilt Otti sein Futter. Mit der fremden Katze.

Langsam und ohne Hast verspeisen sie den Leckerbissen. Früher wäre dies niemals möglich gewesen.
Was ist bloß mit meiner Katze los?
Nach dem Mahl schlecken sich beide ab und rollen sich zusammen.
Ohne Fauchen, ohne Streit, wie Brüder. Doch ein Sonnenstich?
In der Ferne summt ein Motor.
Es könnte ein Traktor oder so etwas ähnliches sein.
Das Geräusch nähert sich langsam. Es dauert lange bis das Geräusch stärker wird.
Ich döse wieder und vergesse alles um mich herum.
Plötzlich wird der Vorhang vom Zelt beiseite geschoben und ein Lockenköpfchen schiebt sich herein. Weiße Zähne strahlen mit der Sonne um die Wette.

Samuel

„Samuel," stellt er sich vor. Ich krame mein Schulenglisch hervor. „Annabell from Germany, hello."
„Sie können gerne deutsch sprechen, ich komme aus Swakopmund, Namibia. Meine Muttersprache ist deutsch."
Ich bin platt. Mitten im Niemandsland braust ein deutschsprachiger Lockenkopf heran.
Unfassbar, fast genial.
`Was machen sie hier? Wie lange bleiben sie? Wie haben sie Malaau kennen gelernt?'
Seine Stimme überschlägt sich fast vor Neugierde.
Ich bin Seelsorger und mit einer Kindergruppe unterwegs. Die Mädchen und Jungs werden sich freuen sie kennen zu lernen. Dabei können sie ihre Sprachkenntnisse etwas auffrischen. Sie kommen aus einem Waisenhaus in Swakopmund und lernen seit zwei Jahren bei mir die deutsche Sprache.
Samuel freut sich sichtlich. Er setzt sich neben mich und wir warten auf Malaau.
Ich hatte vorher nicht bemerkt, das sie aus dem Zelt gegangen war. Ein ungewohnt quietschiger Laut, gepaart mit glucksendem Abgang verrät uns, Malaau ist zurück. Sie umarmt Samuel wie einen Sohn und drückt ihn herzlich.
Wir trinken zusammen Tee und ich bin sehr gespannt, ob Samuel etwas von Antoine weiß.
„Kennen Sie die Baustelle von Hydrotec?" frage ich etwas lauter als geplant.
Natürlich wusste Samuel Bescheid. Er zeigt mir 9 Finger und erklärt mir, dass die Baustelle bei den 9

Fingern liege. Was war dass denn für eine merkwürdige Ortsbezeichnung?
Eine zerrissene, etwas schmutzige Landkarte, die er aus der Hosentasche zieht, zeigt mir die Felsformation, die wie 9 Finger aus dem Boden ragen. Nur eine Tagesreise entfernt.
Mit dem Auto oder Esel frage ich noch. Doch schon rollt Malauu ein Tuch aus und es wird wieder gegessen. Ich dachte in Afrika wären die Tischmanieren etwas legerer, aber Malaua kennt da kein Pardon.
Die würzige Brühe erhitzt mich noch mehr, aber wir schweigen beim Essen.
O.K. Ich passe mich an. Nach endlosen Löffeln Brühe ergreift Samuel das Wort und bietet sich an, mich am kommenden Morgen zur Baustelle zu fahren.
Bevor es dunkel wird muss ich noch zur Schule, meint er und entschwindet so flott, wie er gekommen war.
Dunkel wird es bei uns in Deutschland abends, hier in Bembam passiert es am hellichten Tag. Knips und es ist dunkel. Nicht langsame Dämmerung wie bei uns, nein, knips, aus.
Ich kann es nicht fassen, ich bin schon zwei Tage in Afrika und fühle mich sauwohl.
Otti und ich kuscheln uns eng zusammen. Ich freue mich auf morgen und döse ein. Da höre ich merkwürdige Geräusche vor der Hütte und schlagartig bin ich wieder wach.
Natürlich Einbildung, denke ich und versuche zu schlafen.
Antoine, Antoine, Antoine...
Bei Tagesanbruch bin ich hellwach und verlasse die Hütte um Malaau nicht zu wecken.
Vor mir rennt ein hundgroßes Tier, sich ständig

umschauend, davon. Nanu. Wo kommt der denn her?
Bei meinen Dehnübungen entdecke ich an den Stoffbahnen der Hütte einige Büschel Haare. Sie fühlen sich wie Draht an.
Malaau kommt aus der Hütte und schaut besorgt auf die Büschel.
Beim Wasserkochen höre ich ein Auto nahen und tatsächlich ist Samuel schon auf den Beinen. Wir trinken noch zusammen Tee, essen etwas kaltes Huhn und Hirsebrei und schon geht es los. Malaau hat sich kurz und knapp verabschiedet und ist in der Hütte verschwunden.
Von Samuel erfahre ich, dass abgestoßene Haare auf Hyänen deuten und ein schlechtes Omen sind. Deshalb war Malaau so schnell verschwunden, sie wird die Hütte beweihräuchern und rituell die Hyänen verjagen. Vielleicht wurde die Hyäne auch durch mein Parfüm angezogen und bei meinem Anblick ist ihr das Wasser im Munde zusammen gelaufen. Kein Wunder. Als Mahlzeit hätte ich mindestens für eine Woche gereicht.
Endlich geht es los.
Othello schläft in seinem Körbchen. Zum Glück macht er kein Theater und pennt.
Der Sand ist hart, verbrannt, rissig, die Reifen pfeifen ungewöhnlich.
Das Land ist riesig. Mein Blick reicht bis ins Nirgendwo.
Wir fahren seit einer Stunde.
Immer geradeaus.
Außer einigen bunten Hütten ist es einsam.
Keine Bäume nur Sand.
Lehmboden, Gestrüpp, Sand, Sand, Sand....
Hoffentlich haben wir genug Sprit.

Es wird neblig.
Leichte Schleier legen sich vor meine Augen. Das Sehen fällt mir schwerer.
„Gleich gibt es Regen Sam", sage ich.
Ich kürze seinen Namen einfach ab.
In der wilden Einöde denke ich, soll alles knapp und einfach sein. Außerdem erinnert mich Samuel immer an den Religionsunterricht und an einen Heiligen. Obwohl ich jetzt nicht mit Gewissheit sagen kann, ob es einen Hl. Samuel gibt.
Mein Begleiter schmunzelt.
Ich summe die Melodie von „Old McDonald hat ne Farm" vor mich hin. Beim zweiten „Iaiaooo" sehe ich nichts mehr. Einfach weiß. Nicht unangenehm, keine Schmerzen, aber weiß.
Sam drückt mir eine schwarze Brille in die Hand. Zieh bitte die schwarze Brille an und nach zwanzig Minuten ist alles wieder o.k.
Was ist los mit mir? frage ich doch etwas beunruhigt.
Du bist kurzzeitig „sandblind".
So sagt man hier. Deine Augen sind nicht an das grelle Licht gewöhnt und schalten sich kurz ab. Fühlt sich merkwürdig an, ist aber nicht schlimm.
Mit der Brille auf der Nase scheine ich augenblicklich wieder besser zu sehen. Oder ist es nur der nachlassende Durchzug, der durch die halb geöffneten Fenster dringt.
Ich schließe meine Augen.
Vielleicht ist es besser sie zu entspannen und nicht ständig herum zu glotzen.
Ich summe und Sam fährt. Das Auto fährt langsamer.
Oh ha, was soll das? Ist was passiert?
Sam bremst ab und ich fühle seine Hand an meinem

Busen. Vorsichtig knöpft er die ersten Knöpfe auf ….
Soll ich mich schlafend stellen?
Vielleicht besser so.
Also Augen geschlossen lassen und abwarten.
Ich höre ihn leise atmen und seine Finger tippeln um meine Brust herum.
Er bewegt sich Millimeter um Millimeter.
Egal, ich reagiere nicht. In meiner Situation kann ich nur verlieren. Wenn er mich aussetzt bin ich verloren.
Ich kann aus meinen Koffern und Taschen eine Burg bauen und warten bis ich zu Stein verkoche. Oder mich eine Hyäne zerfleischt. Oder Kannibalen eine kräftige Suppe aus mir kochen.
Dann lieber afrikanisches Liebesgekribbel. Die Zeit geht vorbei.
Wie meine Oma immer zum Spass sagte, „Die Woche geht auch so rum."
Oh, Gott. Ich denke schon Schrott. Das macht die Sonnenbestrahlung.
Ich öffne jetzt die Augen. Oder lieber nicht? Ich warte ab.
Keine Regung von mir, nichts. Ich fühle nichts. Warte ab.
Kommt da noch was oder bereitet er einen Großangriff vor?
Egal, jetzt öffne ich die Augen und sehe - nichts. Mist, diese doofe Sandblindheit.
Ich spüre Sam an meinem Gesicht. Er wischt zart über meine Wange und zack springt er aus dem Wagen. Ich denke, na das ging ja schnell und atme erleichtert auf.
Die Umrisse seines Gesichts werden etwas deutlicher.
Sam ist wieder im Wagen und ich überlege, was ich zu der merkwürdigen Situation sagen soll.

„Du bist die mutigste Frau, die ich jemals getroffen habe," sagt Sam mit weicher Stimme.
Ich bin erstaunt.
„Als ich den Skorpion an deinem Blusenausschnitt sitzen sah, dachte ich, es wäre aus mit dir. Die Biester sind sehr gefährlich. Sie stechen blitzschnell zu und du hast wenig Chancen, wenn du so weit von der Zivilisation weg bist und kein Gegengift in greifbarer Nähe hast. Zum Glück bist du so taff und hast nicht geschrien. Die Biester reagieren auch auf Anspannungen." Meine Autokarte ist ja schon uralt und total zerfleddert, aber zum Aufnehmen von diesem Liebling noch gut geeignet.
Situation gerettet, Skorpion entsorgt. Ich fange an zu zittern.
Skorpion hat er gesagt? An meinem Ausschnitt? Mir wird schlecht. Ich muss schreien, aber mir bleibt die Spucke weg. Also springe ich.
Aus dem Wagen, in den Sand und stampfe. Abwechselnd rechts und links ziehe ich das Bein bis zum Knie und stampfe es fest in den Sand. Das tut gut. Ich stampfe im Kreis. Hoch und stampf. Rechts, links. Ein Schrei lässt alle Spannung aus mir herausfahren. Ich fühle eine aufsteigende Panik.
Ich muss mich bewegen, den Skorpion zertreten. Ich schreie „Skorpion morde" und stampfe. Ich werfe mich in die Bewegung. Es fängt an gut zu tun. Also stampfen und schreien. „Skorpion morde, Skorpion morde...."
Kleine Tropfen treffen mein Gesicht. Ich schaue nach oben und lächle. Ich lebe. Ich war kurz davor, es zu verlieren. Dieses lächerliche Leben. Es kann so schnell vorbei sein.
Aber nicht durch ein lausiges Kriechtier, niemals. Wenn

ich dich erwische, du mieses Vieh, trete ich dich platt. Ich steigere mich zur Extase. Drehend stampfe ich die rote Erde und danke dem Herrn.
Ich lebe, ich lebe, ich bringe die Erde zum Beben. Glücklich drehe ich mich im Kreis, die Angst und Panik entweicht, ich fühle neue Lebenslust, ich detoniere wie eine Bombe und falle zu Boden.

„Skorpion morde"

Langsam hebe ich den Kopf und blicke in schwarze Augen. Viele Augen.
Mindestens zehn.
Ich hebe meinen Kopf weiter in die Höhe und die Augen gehen mit. Ich fühle mich leicht schwindelig und wackele leicht mit dem Kopf. Die Augen bewegen sich auch.
Ich stelle mein Bein auf und stemme mich gewaltsam in die Höhe.
Die dunklen bunten Menschen um mich herum stemmen sich auch auf. Sie kopieren meine Bewegungen. Ich stampfe auf, sie stampfen mit.
Ich drehe mich jauchzend im Kreis, wiege meine Hüften hin und her und verursache einen ekstatischen Gruppentanz.
Wir hüpfen und springen, tanzen und rufen, ich schreie vor Übermut und Lust „Skorpion morde" so laut ich kann, bis ein fürchterlicher Blitz uns alle zusammen zucken lässt und es anfängt zu regnen. Immer heftiger.
In Strömen.
Die Menschen erstarren, ducken sich vor mir und schauen mich ehrfürchtig an.
Sie bleiben am Boden bis ich vorbei zum Auto geschritten bin, erheben sich vorsichtig, winken mir zu und rennen davon.
Sam sitzt neben Otti im Auto und beide schauen erstaunt.
Ich bin außer Atem, aber enorm glücklich über den überstandenen Skorpionangriff.
„Wo kommen dies Menschen her?" frage ich Sam.

„Sie wohnen in Erdhöhlen und haben vielleicht geschlafen, als du sie, wie das Rumpelstilzchen hopsend, zu Tode erschreckt hast.
„Ich habe aber nur aus Freude getanzt," sage ich zu Sam.
Sie glauben bestimmt, du bist eine Göttin, die den Regen befehlen kann. Komm wir fahren weiter, bevor sie dich zur Stammesfürstin wählen. Hier regnet nur selten, zuletzt vor einem Jahr. Sie werden dich verehren wie eine Regengöttin.
Sam startet den Motor und da sehen wir sie tatsächlich zurück kommen. Eine kleine Schar bunt gekleideter Menschen. Als wir an ihnen vorbei fahren, verneigen sie sich und rufen „Skorpion morde".
„Hoffentlich habe ich sie nicht beleidigt mit meinem Theater. Naturvölker glauben ja an die ungewöhnlichsten Sachen." „Nein, nicht beleidigt, beglückt. Es hat hier seit langem nicht mehr geregnet und nun haben sie eine neue Regenmacherin. Machen wir uns aus dem Staub."
Ich bin unsagbar dankbar und heiße Tränen rinnen aus meinen trüben Augen.
Dankbar meinem Sam, der mich gerettet hat.
Die Tränen haben meine Augen neu geschmiert und ich sehe wieder Umrisse. Alles wird klarer.
Sam holt ein Päckchen aus dem Kofferraum und schmiert mir ein Brot.
Wie ein kleines Kind kaue ich glücklich und zufrieden darauf herum.
Langsam wird mir klar in welcher Situation ich war und versuche mit meinem Sternenblick Sam zu danken.
Der lacht und zeigt mit seiner Hand in die Ferne.
„Noch 'ne knappe Stunde und wir sind da. In

Scotchtown."
„Wo, wo fahren wir hin? Scotchtown ? Noch nie gehört."
„Kein Wunder" meint Sam „die Industriestädte wachsen hier einfach aus dem Boden, wie Riesenschlangen und nach einiger Zeit sind sie verschwunden.
Einfach wieder weg. Wie sie entstanden sind, verschwinden sie auch wieder.
Die Einheimischen nennen sie nach Schnapsarten."
Wie im Delir.
Da und weg.
Wie im Suff.
Sam kennt sich als Seelsorger gut mit Glaubensfragen aus und wir diskutieren den Rest der Fahrt über den Glauben der Urvölker. Früher wurden Regenmacher zu Stammesfürsten gekürt und niemand stellte ihre Anweisungen je in Frage.
Ich könnte mir den Job als Regenmacherin gut vorstellen. Meine Fähigkeiten konnte ich ja vorhin unter Beweis stellen.
Wir nähern uns einer riesigen Baustelle.
Schon von weitem sehe ich 9 riesige Container-Hochhäuser auf kleinen Hügeln stehen.
Neun Finger – alles klar.
Überall ragen große Kräne, Bagger, Bürocontainer, Restaurants für die Bauarbeiter und Buden mit bunten Auslagen zum Einkaufen hervor. Junge Frauen sitzen auf Mülltonnen und räkeln sich gelangweilt im Schatten.
Sam hält vor einem Bürocontainer, in dem ein großer schwarzer Mann am Schreibtisch sitzt. Er packt meine Sachen aus und trägt das Körbchen mit dem

schlafenden Otti vorsichtig ins Büro. Herr Bihabba, der Mann am Schreibtisch erhebt sich und scheint leicht erstaunt. Reisende Damen mit schlafender Katze sind hier ungewöhnlich.

Ich stelle mich mit gekonntem Schulenglisch vor und staune ebenso, als Herr Bihabba mir auf deutsch antwortet. Zu meinem Glück verbrachte er sein Studium in Stuttgart und als Gastschwabe spricht er sehr gut deutsch, auch ein wenig schwäbisch.

Wir fragen nach Antoine. Herr Bihabba verspricht ihn zu informieren und schlägt mir vor meine Papiere schon mal auszufüllen. Ich gehorche, weil ich müde und von der langen Fahrt zerschlagen bin.

Sam winkt mir zum Abschied, drückt mich und ist schnell verschwunden.

Herr Bihabba überfliegt meine Anmeldung und wirkt sehr zufrieden. Er packt mein Gepäck und bringt mich zu einem Nebenhaus. In der unteren Etage ist ein kleines hübsches Restaurant eingerichtet. Leichter Essensgeruch liegt in der Luft. Mmmh...wie lecker. Er weist mir einen kleinen Tisch am Fenster an und geht in die Küche. Nach einigen Minuten steht ein dampfender Teller zarten Fleisches mit Gemüse vor mir. Für Otti hat er einen fleischigen Knochen mitgebracht. Zum Glück schläft mein kleiner Freund, er würde sich beleidigt abwenden.

Egal, ich esse jetzt. Merkwürdige, exotische Geschmacksnuancen mischen sich mit gewohntem. Eigentlich lecker, was soll ich sagen, nein, ausgesprochen lecker!

Her Bihabba staunt über meinen gesunden Appetit. Ich fühle mich satt und sehr müde.

Leichtes Schmatzen und Knabbern neben meinem Bein

verkündet, dass mein Katerchen aufgewacht und, wie sein Frauchen, sich zuerst auf das Essen gestürzt hat. Zu Hause würde er einen solchen Schmaus verweigern, wenn er sich nicht aufs äußerste gekränkt, zurück ziehen würde.
Die Krönung des Essens war ein heißer duftender Kaffee für mich. Ach, wie geht es mir gut. Ich bin zufrieden und glücklich.
Herr Bihabba zeigt mir im ersten Stock ein gemütliches Zimmer mit kleinem Balkon. Das Badezimmer ist komplett aus Kunststoff und hat, man höre und staune, eine Dusche.
Ich drehe das Wasser an. Es funktioniert, das kühle Nass plätschert in die Duschtasse.
Genial. Ein Wunder in der Wüste.
Nachdem mir Herr Bihabba noch die Essenszeiten auf ein Blatt Papier geschrieben hat, verlässt er mein Zimmer und ich reiße mir die Kleider vom Leib.
Endlich duschen. Ich beeile mich, da ich nicht weiß wie lange es Wasser gibt und ein shampoonierter Kopf stört beim anschließenden Schläfchen.
An meinem Bein wird es warm. Ich schaue nach unten und sehe Otti in der Duschtasse genüsslich Wasser trinken. Dass es warm ist, scheint ihn nicht zu stören. Also trockne ich anschließend zwei Personen ab. Eine große und eine kleine schwarze.
Das Bett scheint neuwertig zu sein. Die Matratze ist ein Traum. Mein letzter Blick fällt auf meinen Wecker und schon schlafe ich selig ein.
Unglaubliche Hitze füllt meine Halskaule mit Schweiß. Ich öffne meine Augen und schaue ins grüne Meer. Mensch Otti, musst du dich ausgerechnet auf meinen Hals legen.

Jetzt bin ich der Wüstenhitze entronnen und nun kochst du mich aus. Otti rutscht nach unten und schläft ungeniert weiter. Mein Blick schweift durch das Zimmer.
An der Wand hängt ein großes Bild von einer Baustelle. Kräne halten ein riesiges Rohr fest.
Tolles Motiv.
Weiter.
Die Wände scheinen wie die Duschkabine aus Kunststoff zu sein. Schön hell mit gelben Gardinen.
Das Bett ist mit geblümter Bettwäsche bezogen und ein blauer Teppich dämpft beim Gehen sämtliche Geräusche.
Mit einem Schwung gleite ich aus dem Bett, decke meine Katze etwas zu und öffne den Balkon. Oh Gott, was für eine Hitze!
Ich trete gegen eine unsichtbare Wand aus heißer Luft. Mein Hals wird augenblicklich trocken und ich muss husten.
Schnell zurück ins Zimmer und den Balkon schließen. Mein Blick fällt auf eine rote Infomappe. Darin das übliche.
Anweisungen im Brandfall, Notfallnummern usw.
Am Schluss begrüßt die Baustellenfirma ihre neuen Mitarbeiter und verweist unter anderem auf die Klimaanlage. Der Balkon ist ein Notausstieg. Niemals ohne Grund öffnen, sonst wird ein Alarm ausgelöst. Na, ja, zum Glück hat mich ja niemand gesehen.
Kaum gesagt, schaut ein junger Mann mit kugelrunden Augen in mein Zimmer.
„Notfall?" sagt er.
„Nix Notfall," sage ich, und füge hinzu „sorry."
Damit er nicht umsonst gekommen ist, es gab ja keinen

Notfall, bestelle ich mir bei ihm eine Tasse Kaffee. „A good cup of coffee please," war alles, was mir einfiel. Seine Augen wurden noch runder, aber er hatte es begriffen und rannte weg.

Nach wenigen Minuten duftete es nach köstlichem Kaffee, aber er kam nicht mit einer Tasse davon zurück. Also selbst ist die Frau, ziehe ich mir schnell ein Baumwollkleid über und gehe nach unten ins Restaurant. Dort gibt es ein Spektakel. Herr Bihabba fuchtelt mit den Armen und redet stakkato auf den jungen Mann ein. Der weist in seiner Verzweiflung zu mir. Alle schauen mich an. Erstaunt.

Ich greife mir ganz cool eine grosse Tasse aus dem Regal und schenke mir Kaffee ein.

Herr Bihabba beruhigt sich und zeigt auf die Uhr. Fünf Minuten vor Sechs.

Ok. Es ist fünf vor sechs. Hab verstanden, kann ja die Uhr lesen. Ich lächele mein schönstes Lächeln und Herr Bihabba zieht kopfschüttelnd davon.

Lärmend zieht ein Schwarm bunt gekleideter Frauen ins Lokal. Sie gackern wie eine Gänseschar und schweigen augenblicklich, als sie mich sehen.

Ich sage einfach „Hallo" und schon beginnt der Redeschwall von vorn.

Die Frauen scheinen es eilig zu haben, verteilen sich in der Küche und beginnen zu arbeiten. Ich schauen ihnen zu, bis sie mir eine weiße Schürze reichen und mir mit Handbewegungen zeigen, ich solle die Tische decken. Warum nicht, denke ich, ich habe ja Zeit und sonst nix zu tun.

Also decke ich die Tische mit Tellern und Besteck, Gläsern und eingepackten Feuchttüchern. Ich denke noch, ob es wohl Hähnchen gibt, als ein riesiger Bus

vorfährt, quietschend seine Tür öffnet und ein Heer von schmutzigen Männern, verschiedener Hautfarben, ausspuckt. Sie stürmen in das Lokal, verteilen sich an den gedeckten Tischen und lärmen und gackern wie die Küchenfrauen.
Augenblicklich rufen sie nach Wasser und Bier. Ich sehe mich um und warte.
„Komm in die Gänge Süße", ruft mir ein Rothaariger zu und hält sein Glas hoch. Na, ja, ich habe es selbst übersetzt.
Eigentlich wollte ich einen kleinen Rundgang machen, aber wenn ich am ersten Tag schon unangenehm auffalle, kündigen sie mir noch das Zimmer.
Ich renne also von Tisch zu Tisch und versorge die Mannschaft mit Getränken. Meine Beine freuen sich, sich bewegen zu können, jedoch glühen meine Füße schon nach wenigen Minuten.
Ich habe keine Kondition, denke ich. Also Speckmaus renn weiter.
Nach einer guten Stunde sind alle satt und zufrieden. So schnell die Männer gekommen waren, waren sie auch wieder weg. Berge von Geschirr türmen sich auf den Tischen.
Wie von Geisterhand wandern plötzlich die Teller und Gläser in die Küche. Nanu?
Kleine Menschen wuseln zwischen den Tischen wie Elfen in einem Märchen.
Wo kommen die denn her? Ich staune, wie schnell die kleinen sich bewegen. Sie sind in eine Art Tracht gekleidet. Bunte Tücher auf dem Kopf und blaue Tunikas als einheitliche Tracht, wie schön. Folklore. Total.
Ich brauche wieder einen Kaffee. In der Küche ist es

heiß und hektisch. Überall wird gespült und die Teller und Gläser gestapelt. Ich greife nach einer Tasse und will die Kaffeemaschine andrehen, da ertönt ein starkes „No, please no." „Bitte werfen sie nicht wieder die große Kaffeemaschine an. Kaffee wird hier nur morgens getrunken. John hat vorhin schon 20 Liter für sie gekocht."
Bedrückt schaue ich Herr Bihabba an. „Wieso, ich verstehe nicht?"
Es stellt sich heraus, dass ich den Gemüseschäler, der nur aus Vorsicht auf den Alarm meiner Balkontür in mein Zimmer gekommen war, mit dem Auftrag einer Tasse Kaffee vollkommen überfordert habe. Der stellte die Industriekaffeemaschine an, die immer 20 Liter Kaffee kocht. Na ja, ein, zwei Tässchen hatte ich ja getrunken. Oh je!
Ich versuche wieder meinen Engelsblick. Herr Bihabba trommelt mit den Fingern.
„Ausnahmsweise meine Liebe, nehmen sie sich ein Tässchen, wir haben ja reichlich gekocht."
Seine schwarzen Augen blicken mich an und ich schlucke mehrmals.
Da ergießt sich ein lautes Gelächter aus seinem Mund. Er lacht schallend und alle in der Küche lachen mit. „Unsere..." er zeigt mit dem Finger auf mich und ich sage „Annabell." Dann fährt er fort „Lässt für sich 20 Liter Kaffee kochen, das hatten wir hier noch nie." Er klopft sich auf die Schenkel und alle in der Küche tun es ihm gleich. Kirmesspektakel!
Ich bin baff.
Nach seinem Blick zu urteilen muß ich mit dem Schlimmsten rechnen. Was das nun wieder ist, wundere ich mich.

Er streckt mir seine riesige Hand entgegen und sagt „Ogoh". Ich denke es ist sein Vorname und sage „Annabell." Ekstatisch krümmt sich Herr Bihabba vor Lachen.
Was habe ich denn nun wieder angestellt. Später erfuhr ich, das „ogoh" sein erfundenes Wort für eine unangenehme Sache war.
Mit einem Schulterklopfen entlässt er mich aus der Küche. Also bis morgen um sieben.
Etwas erschöpft, aber ungewohnt gefordert, verlasse ich das Lokal und spaziere die Straße entlang. Ich brauche frische Luft. Nach wenigen Schritten wird mein Gang immer schwerer. Ich scheine meine Füße nicht mehr hoch zu kriegen. Und schon ist Schluss.
Wie festgenagelt stehe ich an der Straße und kann keinen Schritt weitergehen. Hoffentlich kein Bandscheibenvorfall!
Bunt gekleidete Kinder kommen des Weges und sehen mein Dilemma. Sie nehmen mich an der Hand und ziehen und zerren, aber nichts bewegt sich. Sie lachen und johlen bei jedem Zug als wäre ich eine Attraktion auf der Kirmes. Schon sehe ich Herrn Bihabba auf mich zueilen. „Sie kann man ja keine Sekunde aus den Augen lassen, schon stellen sie was an." Ein Wortwitz, den er sofort mit schallendem Gelächter beantwortet. Ich stehe in einem Kreis lachender Menschen und pruste los. „Anstellen," na klar „die Kaffeemaschine."Herr Bihabba öffnet meine Sandalen, hebt mich hoch und trägt mich in den Schatten. Er trägt mein Gewicht,einfach so, als wäre ich eine Feder. Mich hat noch nie jemand hoch gehoben und getragen. Genial.
„Bei einer Außentemperatur von 42 Grad sollte man

sich nicht auf Asphalt stellen. Den brauchen wir nur für die Kräne, wenn sie nachts an den Containern vorbei fahren."
Ich bedanke mich bei den Kindern in den bunten Tüchern und blauen Tuniken und erkenne sie wieder. Es sind die kleinen Helfer aus der Küche.
„Herr Bihabba, ich sage nur Kinderarbeit!"
„Ja," sagt er glücklich und lächelt froh, unser Konzern lässt die Kleinen mitarbeiten, welch ein Glück, damit wir bald eine Schule für sie bauen können. Einfach wunderbar für die Kinder," sagt er mit Tränen in den Augen.
„Aber es sind Kinder, erwidere ich. Kinder sollen spielen und lernen, nicht arbeiten."
„Als wir hier mit den Grabungen begonnen haben, ging es den Kindern schlecht. Sie waren schlecht ernährt, krank und hatten keine Zukunft. Viele sind Waisen, die Eltern an Aids verstorben. Unser Doc hat sie behandelt, wir geben ihnen Essen und Kleidung. Die Kinder lernen bei uns viel. Direktor Johanson lässt eine Schule bauen, das Material ist fast komplett, dann geht es los. Aber wir brauchen noch Lehrpersonal, Unterkünfte für die Familienmitglieder, eine Infrastruktur. Wenn sie wollen, helfen sie doch mit. Für jeden Helfer gibt es eine Pauschale vom Konzern, also helfen auch die Kinder mit, freiwillig, damit wir schnell das Geld zusammen bekommen.

Campleben

Herr Bihabba stellt mich im Schatten eines Baumes ab.
Mir wird das alles zu viel.
Kinderarbeit.
Ich soll mitmachen.
Die Aufregung lässt mich trocken schlucken und ich bekomme einen Schluckauf. Die Kinder staunen und lachen. Einzelne schlucken auch aus Spaß und nach kurzer Zeit gluckert und gurgelt die ganze Mannschaft. Es herrscht eine Fröhlichkeit, die ich so noch nie gesehen habe. Ich schlurfe in mein Zimmer, kraule meine Katze und denke nach.
Otti liest meine Gedanken und versucht mich abzulenken. Er knabbert an meinen Zehen.
Leckt an meinem Ohr. Rollt sich über den Teppich und jagt einen unsichtbaren Feind.
Ich schleiche mich in das leere Lokal und inspiziere den Kühlschrank.
Wein!
Weißwein!
Welch ein Glück.
Ich suche ein Weinglas, fülle es bis zum Rand und lege mich im Zimmer wieder hin.
Gedankenkarussell.
Langsam nippe ich am Wein und meine Stimmung steigt.
Warum nicht?
Ich habe Urlaub. Alle Zeit der Welt. Ich mache mit.
Als zukünftig Beschäftigte stelle ich den Wecker auf 6 Uhr und schlafe ein.
Unruhig wälze ich mich hin und her, doch am Morgen

bin ich fit und ausgeschlafen.
Wohin nur mit Othello?
Gestern habe ich doch einen kleinen Garten hinter dem Restaurant gesehen, da gehe ich mal hin. Beschwingt eile ich hinter das Haus und bin erstaunt. Eine kleine grüne Oase mit plätscherndem Brunnen lädt zum Verweilen ein. Sessel stehen geordnet um einen großen Holztisch und weiche Polster lassen die Welt herum vergessen.
Ich setze Otti auf einen Sessel und hoffe er versteht die neue Situation. Doch als ich mit seinem Schälchen Trockenfutter nebst Wasserschale erscheine, erkundet er schon das Terrain.
Ein ausgesprochen mutiger Reisekater, mein Ottitotti. Ein wenig stolz gehe ich an die Arbeit. Mit Spaß gehe ich von Tisch zu Tisch, decke ein und versuche mit den Servietten kleine Blumen zu formen.
Ein klickender Ton lässt mich aufhorchen und umdrehen. Meine Kolleginnen haben sich im Kreis aufgestellt und lassen klickende Laute ertönen. Dann singen sie.
Wunderschöne afrikanische Lieder.
Tränen steigen mir in die Augen, als sich die Tür öffnet und die Kinder, bunt gekleidet, summen die zweite Stimme.
Mein Hals wird trocken, ich strahle übers ganze Gesicht.
Sie singen für mich. Sie schwingen ihre Körper im Takt und mir scheint, sie schweben im Raum. Ich freue mich unendlich und bedanke mich mit einer Umarmung.
Wenn das Antoine sehen und hören könnte.
Warum ist er noch nicht da? Herr Bihabba hat ihm doch Bescheid gegeben.

Schnell gehen alle wieder an die Arbeit, aber das
Singen bleibt mir den ganzen Tag im Ohr. Die Arbeiter
fallen über das Frühstück her und sind auch gleich
wieder verschwunden. Nun habe ich bis abends frei.
Ich setze mich zu Otti in die kleine Oase und genieße
die warme Luft. Wir räkeln uns auf dem Sessel wie
früher daheim. Früher?
Jetzt bin ich gerade mal eine Woche weg und schon
fühlt es sich wie Monate an.
Eine hübsche Afrikanerin kommt mit einem kleinen
Korb zu uns. Sie lächelt mich an und setzt sich auf die
Liege.
„Mildred" sagt sie und streckt mir die Hand hin.
Noch nie habe ich so eine weiche, goldene Hand
gesehen. Mildred hat einen wunderbaren sonnigen
Teint. Ihre Fingernägel sind kurz und mit einer
schwarzen Malerei verziert. Ich staune nicht schlecht.
Im kleinen Korb wird es unruhig. Vielleicht eine Katze
denke ich noch, als ein silberweißer Kopf hervorschaut
und schrill pfeift. Ein kleines Äffchen mustert mich
keck. Mildred füttert ihn mit Kernen aus ihrer Tasche.
Das Rascheln der Tasche ruft sofort Otti auf den Plan.
Er schleicht um den Korb und schnuppert. Nichts regt
sich im Korb.
Mildred lacht und summt leise eine wunderschöne
Melodie.
Ich lehne mich zurück und entspanne mich.
Midreds Summen lässt mich träumen.
Wo ist nur Antoine?
Ich stelle mir unser Wiedersehen vor. Romantisch und
schön. Meine Sehnsucht ist groß.
Ein Quietschen weckt mich aus meinen Träumen. Das
Äffchen hat sich aus dem Korb geschwungen und sitzt

nun frech und keck auf Ottis Rücken. Otti steht starr vor Schreck .
Das Äffchen nutzt die Gunst der Stunde und beginnt langsam und ordentlich Otti zu lausen. Mildred will den Kleinen fangen, aber der setzt seinen Willen durch und reitet auf Otti durch den Garten.
Soll ich eingreifen? Besser mal abwarten was passiert. Schließlich soll Otti einige Tage im Garten verbringen und er muss seine Kumpels halt kennen lernen. Ein heiseres Fauchen setzt dem Spuk ein schnelles Ende. Das Äffchen verschwindet blitzschnell im Korb und Otti blinzelt stark irritiert.
Das Fauchen kommt aus dem großen Busch, denke ich noch, als eine wunderschöne große Wildkatze in großen Sätzen quer über den Hof rennt. Oder ist es ein Hund? Bestimmt.
Für meinen Kater ist der psychische Druck zu groß. Er rollt sich auf einem Polster zusammen, schließt die Augen und schläft sofort ein.
Mein Blick fällt auf einen schwarzen Jeep. Wem der wohl gehört?
Ein mit Papierrollen beladener Arbeiter kommt aus dem Büro von Bihabba und steuert den Jeep an. Schon ist mein Entschluss gefasst, ich fahre zu Antoine.
Verdutzt schaut der junge Mann schon, als ich ihn anspreche.
„ I`m looking for Antoine! You know Antoine?
Ok, let´s go." Mein Englisch ist eine Katastrophe, ich hab heut alles vergessen.
Ich schwinge mich in den Jeep.
„Let´s go," sage ich wieder und es klappt, der Bursche fährt los.
Nach wenigen Minuten sehe ich den großen Bohrturm

und wir stoppen direkt davor.
Ein paar Gummistiefel wäre jetzt von Vorteil, denke ich noch, als der Fahrer sie schon aus dem Jeep packt. Ich bin glücklich, in meinen viel zu großen Stiefeln.
Vorsichtig stampfe ich Richtung Bohrturm, als eine kräftige Faust mich packt und zurück zieht.
„Sie sind wohl von allen guten Geistern verlassen, wo kommen Sie denn her?"
„Ich will zu Antoine," sage ich nur, als ein unglaublich lautes Getöse mich zusammen fahren lässt. Ein schwarzer Schwall ergießt sich über mich und ich bekomme keine Luft mehr. Meine Augen sehen nur noch schwarz , doch es erfasst mich keine Panik.
Ich reibe die Augen und huste meine Lunge frei. Jemand dreht mich herum und schon spüre ich sanfte Lippen auf meinen.
Ich werde wieder und wieder geküsst.
Die wenige Luft verbraucht sich schnell und ich rudere mit den Armen. Ein kratziger Stofflappen wischt meine trüben Augen frei und ich sehe Antoine vor mir. Er greift meine Hand und zieht mich so schnell vom Bohrturm weg, dass ich mehr stolpere als gehe.
Ich versuche zu laufen, aber in den großen Stiefeln komme ich nur langsam von der Stelle. Wie rennen so schnell es geht, die Stiefel bleiben einfach stehen, doch wir laufen weiter.
Ich wundere mich, dass ich so sportlich bin. Jetzt laufe ich schon einige Minuten und habe noch keine Seitenstiche. Weiter so.
Abrupt bleiben wir stehen. Kopfüber falle ich nach unten in den schwarzen Matsch. Na klasse, ich sehe wieder nichts. Antoine reißt mich hoch und drückt mich an sich, als ein unbekanntes Geräusch die Erde zum

Beben bringt.
Unsere Füße wackeln auf schwingendem Boden.
Ein Erdbeben, denke ich. Ausgerechnet jetzt, wo ich nichts sehe. Ich spüre Antoine dicht an mir. Er hält mich fest und drückt meinen Kopf an sich.
Unheimlich wackelt und tost es um mich herum. Ich versuche ruhig zu atmen und nicht panisch zu werden. Es wird schon alles gut gehen. Ich weiß zwar nicht was, aber es wird schon klappen.
Nach wenigen Erdstößen und gefühlten Stunden wird es ruhig. Seelenruhig.
Ich öffne die Augen und sehe - nichts.
Nebel senkt sich eiskalt und nass auf mich herab.
Oh, Gott, wo bin ich nur gelandet?

Endlich Antoine

Das Atmen wird schwerer und leicht schwirrt mein Kopf. Ich sehe Antoine neben mir. Er schaut mich besorgt an und sagt: „Willkommen an meinem Arbeitsplatz, Liebling.
Wie um alles in der Welt kommst du hierher? Wieso bist du in Afrika? Und ausgerechnet im gefährlichsten Moment seit Monaten, stehst du neben mir. Ich kann es nicht fassen.
Hier ist es gefährlicher als in der Hölle. Ich brauche jetzt ein Bier ".
Er schreit etwas in sein Sprechfunkgerät und schon saust ein Jeep um die Ecke.
So schnell wie ich her gekommen bin sausen wir aus dem Gefahrenbereich Richtung Camp. Antoine wirkt leicht zerschlagen.
Er springt aus dem Jeep und zerrt mich in das Hotelgebäude. Zielstrebig entnimmt er einem Getränkeautomaten ein großes Bier und trinkt in hastigen Zügen. Sein Blick ist voller Fragen und er sieht nicht mehr so glücklich aus wie vorher.
„Wo kommst Du in Dreiteufelsnamen her? Oder bist Du eine Fata Morgana?"
Er zieht mich in sein Zimmer und nach einer Sekunde hat er mein Kleid zerrissen. Mein schönes Kleid!
Wir lieben uns hemmungslos und eigentlich nicht schön. Überall höre und fühle ich den schwarzen Schlamm glibbern. Nach wenigen Minuten ist alles vorbei.
Eigentlich hatte ich mir unsere Wiedersehen romantischer vorgestellt. Mein Blick fällt auf die

Nachttischuhr.
„Mein Dienst beginnt" sage ich nur und stelle mich kurz unter die Dusche. Ich binde mir mein Kleid an der Schulter zusammen, doch es sitzt nicht richtig. Man sieht sofort, dass es zerrissen ist.
Antoine lacht, gibt mir ein schwarzes T-Shirt und eine alte Jeans. Ich ziehe die Sachen an und eile zum Restaurant. Meine Kollegen sind schon im Einsatz, bleiben aber erstaunt stehen, als ich erscheine.
Sie mustern mich von oben bis unten.
Wie vorhin am Bohrturm erschallt ein ohrenbetäubender Lärm.
Alle lachen und rufen. „Antoine ist zurück." „Ohs" und „Ahs". „Na, wie geht's dir?" „Freust du dich?"
Ich schäme mich ein wenig und gehe sofort an meine Arbeit.
Schnell und routiniert erledige ich das Decken der Tische und bleibe wie angewurzelt stehen. Im Spiegel der Holzvitrine sehe ich mein Spiegelbild.
Eine Frau im schwarzen Shirt und Jeans.
Eine Frau im schwarzen Shirt, das eigentlich nicht ihr gehört.
Eine Frau im schwarzen Shirt und in Jeans.
Jeans, keine Hosen mit Rundumgummi, keine Hosen mit seitlichem Stretchbund, nein Jeans. Hart, blau und nicht meine.
Ein gequälter Schrei aus tiefster Seele entrinnt meiner Kehle. Mir wird schwarz vor den Augen und ich taumele leicht. Ich finde an der Vitrine halt und atme tief durch.
Mein Blick geht zu meinem - wirklich meinem? - Spiegelbild.
Ich fühle ein Glück in mir aufsteigen, das ich noch nie

gefühlt habe.
Das bin ich.
In alten Jeans und schwarzem Shirt.
Das bin jetzt ich, ich, ich, ich. Oh, wie schön!
Endlich habe ich es geschafft.
Heiß und wohlig schauen meine Augen meinen neuen Konturen nach.
Ich habe eine normale Figur, vielleicht sogar schmal.
Das kann doch nicht sein.
Mein ganzes Leben lang war ich dick.
Dick, dick, dick und jetzt schmal, jedenfalls schmaler als jemals zuvor.
Tränen steigen auf, mein Hals wird trocken, ich muss mich setzen.
All mein jahrelanger Kampf, der unfühlbare Stress, meine innere Angst, meine endlosen Komplexe - alles kommt in mir hoch. Vielleicht habe ich mich immer dick gesehen und war nie zufrieden mit mir. Nach so kurzer Zeit kann man doch nicht so viel Gewicht verloren haben. Mein altes Spiegelbild ist aus meinem Kopf verschwunden. Ich sehe mich neu, vielleicht durch die Liebe. Ich mag mich plötzlich sehr. Oh wie schön.
Ich weine und lache im Wechsel. Mein Körper schüttelt sich. Es fröstelt mich.
Langsam wird es um mich dunkel und ich bemerke wie müde ich bin.
Schwarze Nacht. Unendlich lange. Ich träume...
Bunte Blumen wippen mir zu.
Gelbe, rote, blaue Tänzerinnen in strahlendem Sonnenschein.
Feine grüne Stengel halten die wunderschönen Blütenköpfe, die orchideengleich meine Augen

verzaubern. Ein Tunnel aus hellem, fast gleißendem Licht umgibt mich.
Oh nein, denke ich, jetzt bin ich tot.
Es passt alles zusammen.
Der helle Tunnel.
Ein unendliches Wohlgefühl.
Bunte Blumen? Nein davon war nie bei Sterbeberichten die Rede. Vielleicht habe ich es auch nur überlesen. Ich warte einfach mal ab. Auch wusste ich nicht, dass man beim Sterben so lange klar denken kann, naja, man weiß halt nicht alles.
Ich atme tief durch und fühle Kälte.
An meinen Füßen steigt eine kühle feuchte Kälte empor. Ich kann mir fast denken, das noch etwas Unangenehmes kommt. Es wäre ja zu schön gewesen. Vorsichtig bewege ich meine Zehen und es platscht leise.
Ich hebe meinen Kopf und mir wird wieder schwindelig. Doch ich bin nicht allein. Die Kinderbedienungen sitzen mit großen Augen um mich herum. Ein Mädchen hält einen Strauss bunter Akelei in der Hand. Meine Tänzerinnen.
Zwei Jungs lassen mir Wasser über die Füße laufen, das sie mit der hohlen Hand aus einer blauen Plastikschüssel schöpfen.
Die Anderen beobachten jede meiner Regungen.
Hebe ich den Kopf etwas, wird er gestützt.
Bewege ich die Arme, werden sie gestreichelt.
Greife ich mit meiner Hand, wird sie gehalten.
Ich bin im Paradies.
Erschöpft sinke ich wieder in Schlaf.
Leise, fast gehaucht umweht mich eine Melodie. Ich fühle mich leicht und wohl. Wo bin ich?

Um mich sitzen die Kinder in ihren bunten Gewändern und wiegen sich hin und her. Sie singen und summen.
Ein Gefühl unendlichen Friedens überkommt mich.
Wie lange sitzen die Kinder schon da?
Ich setze mich auf und erschrecke sie damit.
Zwanzig Augenpaare sind auf mich gerichtet. Große, fragende, liebevolle Augen.
Ich schaue mich um. Auf einem weißen Tuch liege bzw. sitze ich im Sand.
Um uns herum sind grüne Zelte aufgebaut. Die Sonne brennt erbarmungslos auf das dünne Zeltdach und mein Körper glüht wie im Fieber.
Anscheinend bin ich krank und die Kinder passen auf mich auf. Oh wie nett.
Ich sage: „Danke, vielen Dank. Was ist mit mir?"
Aber sie verstehen mich nicht. „Thank you so mutch" erzielt erst die Wirkung, als ich meine rechte Hand auf mein Herz lege und mit dem Kopf nicke.
Schon strahlen die Augen und viele kleine Hände umfassen mich. Ich streichele und reibe die kleinen harten Hände und bin unendlich glücklich.
Kein Gefühl wie dieses Glück, das jetzt durch meinen Körper strömt, habe ich schon mal erlebt.
Wir halten uns und genießen uns.
Ganz einfach.
Glück ist ganz einfach.
Die untergehende Sonne wirft kurze Schatten und ich erkenne eine kugelige Form.
Meine Figur vorher und jetzt ich mit den Kindern nachher.
Ein Zeichen.
Jemand gibt mir von oben ein Zeichen.
Denk nach Annabell! Was könnte es heißen?

Mildred eilt mit schnellen Schritten zu uns. In einem
Korb hat sie Schüsseln mit seltsamen
Speisen. Die Kinder werden ganz aufgeregt und reden
auf sie ein.
Schnell werden die Schüsseln auf dem Tuch verteilt
und Mildred setzt sich dazu.
Niemand regt sich, um sich etwas zu holen.
Alle schauen mich erwartungsvoll an.
Da ich etwas schwer begreife, legen sie ihre rechte
Hand auf ihr Herz und nicken mir zu.
Ich verstehe.
Zuerst rolle ich die helle Speise in der Hand zusammen
und tunke sie in die zähe bunte Suppe. Die Kinder
lachen laut und etwas scheint sie sehr zu amüsieren. Sie
ziehen kleine Löffel aus ihrer Kleidung und tauchen sie
in die Suppe. Die Brühe gießen sie über die helle
Speise und löffeln sie dann auf. Diese Prozedur
erledigen sie geschickt und flott.
Ich lache und probiere es auch.
Wunderbar.
Welch wunderbar schmeckende Speise.
Nach einigen Löffeln bin ich satt und zufrieden. Alle
sind nach einigen Löffeln satt und zufrieden. Eine
Wunderspeise!
Ist das die Message? Das Zeichen? Ich werde wach.
Doch keine Zeit zum Überlegen, Antoine und eine
johlende Schar dreckiger Männer kommen auf uns zu.
Sie reden und lachen und scheinen irgendwie zufrieden.
„Na Madonna, wie geht es Dir? Nachdem Du uns
gestern wild schreiend umgekippt bist und wir Dich
zum Abkühlen auf den kalten Sand gelegt haben,
konnte Bernie den entscheidenden Schuss wagen."
„Auf mich, toll." Zum Glück daneben, denke ich noch,

als die erklärende Antwort kommt.
„Wir arbeiten ja meistens tagsüber, die Messgeräte laufen aber auch über Nacht. Und da wir Dich hierher ins Camp bringen wollten, hat Bernie mehr zufällig die Analyse abgerufen.
Der Bohrer hatte endlich die optimale Stelle erreicht und wir haben den unterirdischen Fluss getroffen. Seit Mitternacht sprudelt das Nass. Endlich!
Noch gibt es viel zu tun, das gewonnene Wasser zu den Feldern zu leiten und den Überschuss wieder zurückzuführen, so dass ein Kreislauf entsteht. Kompliziert und teuer. Aber der Anfang ist gemacht."
Schwitzig und glücklich umarmt mich Antoine und trägt mich zum Jeep.
Die Kinder fahren mit uns und singen froh in der kühlen Nacht. Am Restaurant steigen die Kinder aus und gehen zur Arbeit.
Ich klatsche in die Hände und bin froh. Was für ein Tag. Meine Erlebnisse der letzten Tage reichen normalerweise für ein halbes Leben, aber bei mir ist ja alles anders.
Die Hände.
Meine Hände sind weich und zart
Die Hände der Kinder waren hart und rau.
Wieso? Müssen sie zu viel arbeiten? Haben sie eigentlich genug zum Essen? Wer kümmert sich den Tag über um sie? Viele Fragen stellen sich mir.
Ich muss den Fragen nachgehen, aber erst morgen, ich bin noch etwas zerschlagen.
Antoine stützt mich so fest, dass wir wie ein altes Ehepaar in unsere Unterkunft schlurfen.
Es wurde die schönste Nacht meines Lebens.
Langsam ziehe ich meine Jeans aus und betrachte

meine Beine. Schlanke Fesseln an braunen kräftigen Waden. Die Oberschenkel berühren sich nur leicht im Sitzen. Ich strecke meine Beine aus und kann es nicht fassen.

Sie sind wunderschön. Warum habe ich mich immer gehasst und dick gesehen?

Meine Knie sind von den häßlichen Fettpolstern befreit und zeigen kleine Grübchen.

Ich spüre leichten Wind durch meine Beine pusten, wenn ich nach vorne und zurück wippe.

Mein kugeliger Bauch, auf dem ich schon mal meine Arme ablegen konnte, ist verschwunden, gestrafft.

Die Haut spannt sich fest und leicht gebräunt über meinen Körper.

Wie in Trance schiebe ich mein T-Shirt hoch und lege es auf das Bett.

Ich genieße es, meinen Körper zu bestaunen. So habe ich mich noch nie gesehen.

Antoine verkennt nach Männerart die Situation.

Seine haarigen Arme spüre ich an meinem glatten Körper. Ich schließe meine Hände zur Faust und betrachte die neuen Konturen.

Kraft und Stärke... in anmutiger schmaler Form. Würde ein Dichter dieses Bild so beschreiben?

Ich reibe meine Arme, öffne und schließe meine Hände, stehe auf und drehe mich vor dem Spiegel. Unfassbar. Diese schöne Figur bin ich.

Die dicke Annabell hat eine neue Form oder eine bessere Figur.

Ich lasse den BH zu Boden gleiten und staune. Meine Brüste sind unverändert.

Kein lascher hängender Busen, sondern pralle wohl geformte…

Meine Selbstbegrappschung wird von Antoine jäh unterbrochen. Seine Hände beginnen mich am Rücken zu streicheln und mir wird… unwohl.
Schnell öffne ich die Tür, greife Antoines Hände, schiebe ihn gurrend nach hinten und schon steht mein liebestoller Gockel draußen.
Ich verriegele die Tür und rufe „Sorry Schatz, aber dieser Moment gehört nur mir."
Sein verdutztes Gesicht kann ich mir gut vorstellen, aber es ist mir egal.
Mein gefühlter neuer Körper gehört jetzt mir. Oder ist es meine neue Einstellung zum Leben, die mich so glücklich macht. Habe ich mich vielleicht nur fetter gedacht als ich war. Ich hasse mich, das ist jetzt vorbei!
In drei Wochen kann aus dick nicht dünn werden, was ist geschehen? Bestimmt bin ich etliche Fettkilos los und es fühlt sich dünner an. Egal. Ich liebe meinen neuen besseren Körper. Und meine neue Sportlichkeit. Einfach alles. Annabell im Glück.
Ich singe im Zimmer, drehe mich vor dem Spiegel und bin einfach nur glücklich.
Nach mehreren Tanzrunden lege ich mich schwer atmend auf das Bett und schlafe ein.
Mildred kommt im Traum zu mir und will mich füttern. Ich greife in die warmen Speisen.
Ich greife wieder und wieder in die feinen Speisen und esse und esse und esse.
Mein Magen kann nicht genug kriegen.
Nacheinander leere ich alle Schalen. Große Kinderaugen sehen mich an – egal.
Auch vor Ottis Katzenschüssel mache ich nicht halt, nicht´s ist tabu.

Ich durchlebe den größten Fresswahn aller Zeiten.
Unruhig wälze ich mich hin und her.
Ich setze mich auf. Lege mich wieder hin. Setze mich auf.
Mein Magen fühlt sich krank und dick an. Es drückt und schmerzt in meinen Gedärmen. Der Druck umarmt meinen Oberkörper und ich schnappe nach Luft.
Ein riesengroßer, stinkender, beeindruckend schallender Rülpser entspringt meinem Mund.
Ewigkeiten lang und laut.
Sehr laut und schallend.
Erquickend.
Mancher Dinosaurier aus Jurassic Park wäre neidisch geworden. Dieses Inferno kann nur ein Profi hervor bringen – ich bin so einer.
Ich spüre einen ungewöhnlichen Geschmack in meinem Mund und trinke ein Glas Wasser aus dem irdenen Krug.
Leider kann ich mich nicht mehr daran erinnern, wann das Wasser gewechselt worden war.
Das schale Wasser schmeckt nach Chemie und Erde.
Egal, nun brauche ich einen klaren Kopf.
Was soll dieser Traum? Ich in einem Wahn aus Fresslust? Sogar das Futter von Otti hab ich aufgefressen. Nichts war mir heilig. Niemand hielt mich zurück.
Otti?
Otti?
Oh, Gott, wo ist Otti?
Mein kleiner schwarzer Schatz ? Mein ständiger Begleiter, mein Herz. Wo bist du?
Verlassen!
Getötet vom bissigen Äffchen!

Verirrt in der heißen Wüste!
Überrollt von den riesigen Baggern!
In die Luft gesprengt?
Als afrikanisches Ragout so nebenbei verzehrt?
Bei meiner Fressorgie vorhin?
Vergessen, im Stich gelassen!
In Windeseile greife ich einen bunten Kaftan und schon bin ich auf der Treppe. Ich rase nach unten und nehme zwei Stufen auf einmal. Die Restauranttür ist noch verschlossen, also renne ich um das Haus. Auf Styroporplatten schlafen einige Kinder eng aneinander gedrückt.
Ich renne weiter.
Die Terrasse wird vom weißen Mondlicht leicht erhellt.
Die Bänke und Stühle sind leer.
Was habe ich erwartet?
Ich rufe nach Otti. Leise und mit rauer Stimme.
„Otti, Ottischatz, wo bist du"?
Unter der Palme regt sich etwas.
Ein riesiges hundbärgroßes Etwas erhebt sich von seinem Platz. Na bravo.
Bin ich verrückt?
Wie kann ich nur nachts in einem fremden Kontinent einen Abendspaziergang machen.
Afrika!
Allein der Name klingt schon gefährlich. Und ich dämliche Kuh renne aus dem sicheren Schlafhaus in die gefährliche Wildnis.
Typisch, doof bleibt doof.
Eine Wolke verdeckt für kurze Zeit das Raubtier. Ich sehe nur ganz wage Umrisse.
Soll ich weg rennen?
Aber wohin?

Die Außentür meiner Unterkunft ist ins Schloss gefallen und einen Türschlüssel hab ich nicht dabei.
Also denk nach du Denkriese.
Zu spät.
Etwas springt mir auf den Rücken und greift in mein Haar. Ein quietschender Ton kündigt mir die letzten Minuten meines Lebens an. Auch das Ungetüm unter der Palme kommt langsam auf mich zu.
Ich versuche meine Augen an das diesige Licht zu gewöhnen, als eine raue Zunge an meiner Wade leckt. Das Raubtier schaut mir in die Augen und blinzelt mir zu. Entfernung - circa zwei Meter.
Aber mein Bein? Wer leckt an meinem Bein?
Ich bücke mich und entdecke meinen kleinen geliebten Schmusekater beim sorgfältigen Lecken meiner Wade.
Welch ein Glück!
Otti ist da.
Beim Bücken fällt das Äffchen aus meinen Haaren. Es kreischt und quietscht und versucht sich wieder an meinem Kaftan fest zu krallen.
Ich hebe es an und schwups sitzt es wieder auf meiner Schulter.
Ich nehme Otti auf meinen Arm und streichele und drücke ihn liebevoll.
Er schnurrt.
Laut und zufrieden. In zwei Stimmlagen.
Ich horche auf und schon klammert sich das kleine Äffchen an Otti auf meinen Arm. Das Miniteil brummt tief, gemeinsam mit seinem Freund. Seltsam, ich wusste nicht, dass Affen brummen.
Mit meiner wunderbaren Last drehe ich mich leicht und singe mein Katzenlied.
Eine Eigenkomposition!

„Spiel mit deinem Tier, das rat ich dir, das macht dich froh... lalala..."
Ich bin wieder glücklich. Meinem kleinen Kater ist nichts geschehen. Und seinen Freund, der huckepack an ihm hängt, scheint es auch zu gefallen.
Mittlerweile ist das große Etwas aus der Ecke bei mir angelangt und ich frage mich, was es ist. Ein Hund? Ein Schakal? Oder mehr?
Zur Flucht ist es schon zu spät.
Das Zotteltier umkreist mich, knurrt entsetzlich und stößt mit seiner Nase an meine Wade.
Heiße Atemluft streicht mein Bein entlang.
Es sucht sich wahrscheinlich eine ordentlich kräftige Stelle zum Reinbeißen aus, denke ich noch, als ich den Schmerz der spitzen Zähne spüre.
Aber nein. Keine Zähne, mehr ein raues schmirgelndes Ziepen.
Ich halte Otti und das Äffchen in die Luft, damit das Monster sie nicht erwischen kann.
Oder will es sie nicht erwischen?
Es passiert nichts.
Das große Zotteltier stöhnt erbarmungswürdig und plumpst mit einem „Ohhuff" auf meine Füße. Ich bewege meine Zehen leicht, funktionieren noch. Leicht schiebe ich den Bodenleger nach vorne und stelle fest, er hat kaum Gewicht. Ein erneuter Stöhner entrinnt seiner Brust und Zotti rollt sich auf die Seite.
Meine Füße sind befreit, prima. Die vorherige Angst vor dem Untier weicht meiner Neugierde. Ich habe noch nie von einem Raubtierangriff gelesen, wo sich die lauernde Bestie an seine Beute anlehnt, anstöhnt und dann wie ein Stein umfällt.
So was passiert nur mir.

Vorsichtig stelle ich Otti auf den Boden.
Der anhängende Rucksack, sprich das Äffchen, trollt sich auf die nächste Bank, rollt sich zusammen und schläft weiter. Sollte sich eine direkte Gefahr in meiner Umgebung befunden haben, hätte sich das Äffchen anders verhalten.
Otti trottet zu dem Zotteltier und legt sich dicht daneben. Nach einigen Augenblinzlern schließt er die Augen und pennt ein.
Ich bin sprachlos, Otti hat neue Freunde gefunden.
Wie es scheint, bin ich momentan nur ein nächtlicher Störenfried.
Auf der Bank ist das Äffchen verschwunden. Es wird auch irgendwo im Zottelpelz seinen Platz gefunden haben.
Jeder hat hier seinen Platz. Nur ich nicht.
Nein, stimmt nicht ganz, die Kinder haben auch keinen festen Platz. Wahrscheinlich schlafen sie hinter dem Restaurant, damit sie ihre Arbeit nicht verpassen.
Wecker sind hier bestimmt teure Mangelware.
Allein und irgendwie leer gehe ich zu meinem Quartier zurück. Antoine ist nicht da, er ist im Camp.
Ich drücke gegen die Eingangstür und sie geht auf. Toll.
Wozu braucht man dann Schlüssel, wenn sowieso alles offen steht. Vorhin war sie aber doch zu?
Alles sortieren. Nachdenken. Die nächsten Tage laufen wie im Schema ab.
Ich organisiere meinen Tag und meistens ist Antoine nicht da. Was hab ich mir auch gedacht? Also warte ich.
Die Tage vergehen, die Zeit verrinnt. Ich werde unglücklich, so hatte ich es mir nicht vorgestellt mit ihm. Warten, warten, warten.
Es passierte so vieles, dass ich einfach etwas Zeit zum

Denken brauche.
Ich setze mich auf eine Treppe, sauge die kühle Nachtluft ein und atme bewusst.
Ein, aus, ein, aus.
Ich spanne meine Muskeln an und entspanne.
Anspannen, lockern, anspannen, lockern. Ich warte auf Antoine, er ist noch im Camp. Wie immer. Nach einer weiteren Woche mit kurzen glücklichen Momenten fasse ich einen Entschluss. Ich habe lange genug gewartet, ich muss etwas tun, meine Zeit läuft mir davon und ich weiss noch nicht wie es mit uns weiter gehen soll. Also einen Plan gefasst.
Langsam kehrt meine neu gewonnene Stimmung wieder zurück. Und die ist gut. Sogar supergut.
Also Annabell, wie geht es weiter?
Soll ich hier bleiben oder fahre ich zurück?
Antoine muss seine Arbeit machen, er kann seine Baustelle erst verlassen, wenn die Bohrungen beendet sind. Und dann sehen wir weiter.
Ich liebe ihn doch oder liebe ich ihn nicht?
Wir wollten uns doch ein kleines Haus irgendwo suchen und eine Familie gründen. Er hat davon aber nichts gesagt, ich hoffte er würde es einmal sagen. Was tun?
Ich werde mich einer neuen Aufgabe widmen. Meine Zeit im Büro ist abgelaufen.
Keine Lust mehr an stundenlangem Sitzen und zufetten. Zufetten? Nein, weg mit den alten üblen Gedanken.
Ich streichele über meinen Körper, glatt und gut fühlt er sich an. Ich habe keine Probleme mehr mit ihm. Das wenige Essen hier hat meinen Magen geschrumpft. Klasse. Endlich.
Ungewohnt ist es, nicht mehr an mein Gewicht zu

denken, ich halte es einfach.
Kein Röllchen am Bauch, kein Tannenbäumchen am Rücken.
Das Jauchzen der Kinder reißt mich aus meinen Gedanken.
Das Restaurant ist hell erleuchtet, die Arbeit beginnt.
Fröhlich höre ich die Kinder singen.
Kinder, an was erinnert mich ihr Lachen? An Samuel, den klugen Geistlichen, den fröhlichen Lehrer aus Swakopmund.
Samuel.
Sam.
Mein Retter in der Not.
Meine Augen werden feucht, wenn ich an ihn denke. Er arbeitet mit Kindern in einem Waisenhaus in der Nähe von Swakopmund. Ihm werde ich die Geschichte dieser armen Kinder erzählen. Vielleicht gibt es eine Möglichkeit zu helfen.
Ich werde ihn und seine Kinder besuchen. Schon morgen fahre ich los.
Heute noch werde ich Herrn Bihabba informieren, dass ich für ein paar Tage nach Swakopmund fahre.
Vielleicht hat er eine Ahnung, wie ich dorthin komme. Bus und Bahn ab unserem Camp sind ja höchst unwahrscheinlich, aber vielleicht fährt ein LKW in die Richtung, oder zu einer Haltestelle für... naja... für irgendwas halt.
Egal, ich werde es schon schaffen.
Beschwingt von meinem Plan räume ich mein Zimmer auf und packe meine Habseligkeiten zusammen.
Eigentlich nur Urlaubsutensilien, reichen sie dennoch zum Leben aus. Unglaublich.
Man braucht eigentlich wenig. Ich hätte mir dies vor

einigen Wochen nicht vorstellen können. Aber heute ist alles anders.
Frei, ja ich fühle mich frei.
Ständig kreisen meine Gedanken und Gefühle um meine üppige Figur und jetzt habe ich Gedankenzeit.
Freie Kapazität. Klasse.
Herr Bihabba verblüfft mich immer wieder. Als ich ihn nach Swakopmund frage, lächelt er und pfeift.
Pft...pft...pft.
„Welches Vögelchen hat Ihnen gezwitschert, dass ich heute dorthin fahre? Na? Vielleicht meine Frau?"
„Mein wundervolle, hübsche, schöne, angebetete...," er holt tief Luft und brüllt schallend "immer eifersüchtige, spionierende, nervende Ehefrau?"
Ich weiche erschreckt zurück.
„Aber nein," rufe ich laut, „gewiss nicht, niemals würde ich mich für so etwas hergeben!
Wie kommen sie überhaupt auf eine so unglaubliche Idee? Ich kenne ihre Frau doch gar nicht."
Mildred kommt mit einem gefüllten Korb ins Büro.
„Hallo meine Liebe, wenn mein Mann so laut schreit, mag er einen besonders gern. Ich finde ihn süß, wenn seine goldene Gesichtsfarbe einen grünen Ton annimmt. Wie eine riesige Kröte. Leicht grün und aufgeblasen."
Mildred stellt sich auf die Zehenspitzen und küsst ihren Mann auf die Stirn.
„Ich hole noch mein Gepäck und warte vor der Tür," sage ich und renne auf mein Zimmer.
Was war das denn?
Bihabbaexplosion!
Afrikanische Konversation der besonderen Art. Oh Gott, bin ich erschrocken.

Zu meiner Überraschung sitzt Otti vor meiner
Zimmertür und wartet.
Er hat telepathische Talente.
Immer genau zur rechten Zeit am rechten Ort.
Ich knuddele, küsse und wusele meinen schwarzen
Kater, verstaue ihn nebst Futter und Wasser in seiner
Transportbox. Dann suche ich Papier und Stift.
Ich schreibe einen Brief an Antoine, besser, ich
versuche es.

Antoine, mein Liebling,
die nächsten Tage werde ich in Swakopmund im
Waisenhaus verbringen. Samuel, der Seelsorger und
Freund, der mich zu dir gebracht hat, arbeitet dort. Ich
brauche einige Tage am Meer, um nachzudenken. Über
mich, über uns, über die Zukunft. Mein Kopf ist total
voll. Ich sehne mich nach einer neuen Aufgabe. Etwas
Sinnvolles vielleicht. Aber was könnte das sein? Also
fahre ich für ein paar Tage weg und denke nach.
Ich vermisse dich schon jetzt.
In Liebe,
Deine Annabell

Oh Gott, wie schwülstig.
Ich falte das Blatt Papier, parfümiere den Umschlag
und stelle ihn an den kleinen Blumenstrauß. Noch ein
letzter Blick ins Zimmer und schon bin ich mit Otti auf
dem Weg.
Nach einer halben Stunde braust ein gut gelaunter Herr
Bihabba in einem großen Wagen heran und hilft mir,
meine Sachen zu verstauen.
„Großes Gepäck, Sie kommen nicht mehr zurück?"
„Kann sein," sage ich wortkarg und versinke in den

riesigen Polstern.
Die Fahrt wird durch einen afrikanischen Heino sehr stimmungsvoll gestaltet. Herr Bihabba singt sämtliche Lieder lauthals mit und scheint in einer sehr frohen Stimmung.
Nach endlosen Refrains schlafe ich tief und fest.
Ein Ruck bringt das Auto zum Stehen und wir stehen vor dem Waisenhaus.
Ich habe geschlafen wie ein Bär und strecke mich ein wenig. Otti blinzelt in die grelle Sonne und ich höre eine Möwe kreischen.
Wir sind am Meer.
Ich drücke Herrn Bihabba an mich und atme die gute Luft ein.
Tief.
Ein und aus.
Kenne ich doch.
Wie angenehm – Meeresluft.
Herr Bihabba schleppt mein Gepäck nebst Katzencontainer in den Eingang des Hauses.
Wie auf Knopfdruck erscheinen 3 Nonnenköpfe mit fragenden Augen.
„Wir nehmen keine Tiere auf, wir sind ein Waisenhaus." Otti blinzelt mit seinen grünen Augen die Nonnen an.
„Gäste für Monsignore Samuel," sagt Herr Bihabba und steckt den Nonnen einen Umschlag zu. Die Nonnen strahlen und beginnen, dem davon fahrenden Auto nachzuwinken.
Ich stehe im Eingang und die Nonnen winken immer noch.
Ewig.
Wie in einem Kitschfilm.

Oder wie die Katzen beim Chinesen.
Ewig.
Was war in dem Umschlag? Winkgold? Anscheinend.
Ich sortiere meine englischen Vokabeln, als ich Samuel an einem Fenster in einem Schulsaal des Gebäudes entdecke.
Er winkt mir zu.
Ich winke zurück.
Winken scheint in Südafrika ein übliches Ritual zu sein.
Alltag eben.
Werde ich mir merken!
Die Nonnen lächeln mich freundlich an und deuten mir an, ihnen zu folgen. In ihrer Küche reichen sie mir einen duftenden Tee und kleine Plätzchen.
Erst ein gequälter langer Seufzer von Otti bringt die Damen auf Trapp.
Sie öffnen die Box und reichen Otti kleine Fischhäppchen. Dazu ein Schälchen Milch und Ottis Welt ist in Ordnung.
Schwester Maripulcra hebt Otti hoch und trägt ihn umher. Sie scheint Katzen zu mögen.
Und Otti scheint Maripulcra zu mögen. Er schnurrt und gurrt wie in besten Zeiten.
Ich kaue an den Plätzchen herum und werde ganz ruhig.
Ein Gefühl des inneren Friedens übergießt mich wie warmer Honig.
Ich schaue den Nonnen zu, wie sie flink in der Küche herum wuseln und mache nichts.
Einfach nichts.
Und sie scheinen dies auch nicht zu erwarten.
Ich sitze auf einer Holzbank in der Küche und träume vor mich hin. Die Sonne strahlt herein und alles leuchtet in sonnigen Farben. Die Schwestern sind sehr

um mein Wohl besorgt und ich fühle mich herrlich.
Es klingelt. Pause für die Schüler.

Neubeginn

Die Nonnen beginnen im benachbarten Speiseraum das Mittagessen zu richten. Ein vielstimmiger Chor hoher Kinderstimmen nähert sich uns und schon stürmen Kinder aller Altersgruppen den Saal. Fröhliche Kinderaugen schauen mich an. Besucher werden hier sehr freundlich aufgenommen. Ein kleinerer Junge rennt nach vorn zu mir und gibt mir die Hand. Alle anderen strahlen um die Wette. Die Kinder sehen sehr gepflegt und gesund aus.
Die meisten Mädchen haben ihr Haar zu dekorativen Zöpfen gebunden und kleine Schleifen machen die Frisuren perfekt. Der Frisurentrend der Jungen ist unterschiedlich.
Meist kurz geschoren, aber auch geflochtene Zöpfchen, zusammengehalten von einem Gummiband, sind nett anzuschauen. Hätte ich doch nur etwas für die Kinder mitgebracht!
Aber das lässt sich ja nachholen, in den nächsten Tagen fahre ich in die Stadt.
Dazwischen blitzt rotes Haar in der Sonne. So auffälliges Haar hat nur einer, Sam.
Er entdeckt mich in der Küche und ist gleich bei mir und schiebt mich an den großen Suppentopf. Es duftet köstlich. Die Ordensfrauen sind wahre Meisterinnen der Küche. Ich schlucke ein paar Mal und schon geht's los. Alle Kinder stellen sich an der Suppentheke auf und tragen die Suppenschüsseln und Bestecke auf die schön hergerichteten Tische.
Ein kleiner Junge nimmt mich bei der Hand und führt mich an seinen Tisch. Schon bin ich stolze Besitzerin

eines köstlichen Mahls. Ich fühle mich sehr wohl.
Wir reden, lachen und essen. Ich bin so froh hier zu sein, nach dem düsteren Aufenthalt im Camp. Hier herrscht das pralle Leben, mit Frohsinn in bunten Farben. Keine Technik, kein Hightech und kein... Antoine.
Immer kein Antoine.
Ob auf der Reise, die meiste Zeit im Camp, hier in Swakopmund – immer kein Antoine. Ich bemerke, dass ich negative Situationen sammle.
In der ersten Zeit unseres Kennenlernens gab es nur Glück, keine trüben Gedanken. Was ist nur los? Hat meine Liebe, wenn es denn mal Liebe ist, einen Riss bekommen? Oder warum denke ich so? Ich fühle mich doch pudelwohl.
Die Tische sind mit schönen Decken gedeckt und die Fenster haben bunte Gardinen.
Es riecht überall ein wenig nach frischer Wäsche. Wie zu Hause. Wie bei Muttern. Ich habe Heimweh nach zu Hause, nach Mami, nach meinem Garten. Oh nein, ich könnte heulen.
Die Kinder sehen mich alle an und warten. Auf was?
Ich hebe meinen Löffel und alle beginnen zu essen. So wohlerzogene Kinder habe ich noch nicht gesehen. Aber wo auch! So langsam hebt sich meine Stimmung. Bin ich in den Wechseljahren oder was?
Meine Stimmungsschwankungen sind ja der Horror.
„Willst Du ein paar Tage hier bleiben, dann lasse ich Dir ein Gästezimmer richten? Wir sind froh, wenn wir Besucher im Haus haben." Die Schwestern vermieten Gästezimmer an Urlauber und sind über jede kleine Spende froh. „Du siehst ja, die Kinder fressen einem die Haare vom Kopf."

„Eigentlich bin ich genau zu diesem Zweck gekommen," sage ich erstaunt. Dass es so gut funktioniert, hier zu wohnen und mal abzuschalten, hätte ich nicht gedacht.
Das fröhliche Gegacker um mich herum wird anstrengend und geht mir allmählich auf die Nerven. Das war doch alles etwas viel für mich. Ich werde müde und möchte mich gern etwas hinlegen. Sam zeigt mir mein Zimmer. Dann muss er wieder zum Unterricht. Ich schaue mich um.
Ein heiteres Haus in bunten Farben. Meine Kleider lege ich in den Schrank, die Utensilien aufs Waschbecken, in wenigen Minuten bin ich fertig. Ich erschrecke. Mein ganzes Hab und Gut hier besteht aus wenigen Sachen – Urlaubskram. Irgendwie macht mich das nachdenklich. Egal, mein Bett ist weich und die Augen schwer. Ich schlafe schnell ein. Ein Sonnenstrahl kitzelt mich an der Nase und ich erwache.
Ich atme lange durch und bin entspannt. Dann schlendere ich durch das bunte fröhliche Haus in den Garten. Die grüne Oase besteht aus zotteligen Palmen, einigen grün-braunen Sträuchern und einer runden Holzbank.
Dazwischen Sand. Heißer Sand.
Meine Sandalen bieten keinen genügenden Schutz und so springe ich von Schatten zu Schatten. Großes Gelächter verrät mir, dass einige Kinder mir zusehen. Na, dann biete ich schon etwas fürs Belustigungsprogramm. Also – aufgepasst Kinder. Ich stelle mich in Position und mache meine gewohnten Tai Chi Übungen. Die Kinder
quietschen vor Lachen. Ich tänzele auf der Stelle und ahme das Schwimmen im offenen Meer nach. Mein

Publikum wirkt begeistert. Doch welch ein Glück, es klingelt.
Schon wird es ruhiger, die Schüler fahren mit dem Unterricht fort und der Clown hat Pause. Die sportlichen Übungen haben mir gut getan.
Auf einem Rattansessel sehe ich Otti eingerollt schlafen. Sein dickes schwarzes Fell glänzt in der Sonne. Hoffentlich hat er nicht zu heiß.
Aus dem kleinen Wasserbrunnen ziehe ich mir ein wenig Wasser hoch und streichele ihn mit nasser Hand. Das gefällt ihm und er leckt meine Hand dankbar ab.
Ich spaziere hin und her und komme mir allein vor. Bin ich ja auch...
Nach kurzen düsteren Gedanken bin ich wieder optimistisch. Diese Reise muss doch einen Sinn haben. Ich bin in Deutschland oft allein, dann reise ich um die halbe Welt und bin wieder allein. Ich muss nachdenken. Was hat das Schicksal mit mir vor?
Sam kommt gut gelaunt um die Ecke und trägt einen Korb, nebst Decke in der Hand. „Wie wäre es mit einem Picknick am Meer? Lass Dir mal frischen Wind um die Ohren wehen. Das vertreibt auch düsterste Gedanken."
Gut. Prima Idee.
Wir brausen in seinem offenen Jeep davon. Die Stadt Swakopmund ist interessant und groß. Ich hatte mir vorher noch keine Gedanken gemacht, was mich so erwarten könnte.
Schöne, gepflegte Häuser mit Garten reihen sich an der Hauptstraße entlang. Wege und Plätze wirken gepflegt und irgendwie deutsch. Wie zu Hause. Ich bekomme wieder ein wenig Heimweh. Meine schöne Wohnung, meine Stadt, alles weit weg. Und? Ich hab's schon fast

vergessen – meine Familie und Freunde. Unsere Feierabendtreffen im Grünen. Alle denken, ich mache den Abenteuerurlaub meines Lebens.
Stimmt ja auch, irgendwie.
Und jetzt bin ich schon froh, wenn mich ein Pfarrer umherkutschiert. Na bravo.
Eine Abenteuerdiät, genau, so würde ich es nennen. Gewicht verloren, Liebe gefunden.
Oder doch nicht?
Wo ist sie denn, die große Liebe? Nicht bei mir.
Sollte die Liebe nicht ständig bei mir sein?
Anstatt in der Wüste irgendwas zu suchen, sollten wir gemeinsam ein Haus bauen und Kinder erziehen! Er sollte mich suchen und nicht ich ihn.
„Alles klar?" fragt Sam.
„Ja und nein."
Ich bin heute irgendwie verwirrt. Meine Gedanken fahren mit mir Karussell. Vielleicht ist es die Sonne? Das ständig heiße Klima geht mir auf die Nerven. Ich sehne mich nach einem Spaziergang in einem Wald. Einem Eichenwald. Im Regen.
„Schau wie schön die Welt ist," sagt Sam und zeigt auf das brausende Meer.
Weiße Gischt hüpft auf den heranrollenden Wellen und ich atme die klare, salzige Luft.
„Wo?" frage ich und fühle mich wie ein Idiot. Mensch, Annabell, reiß dich zusammen! Du bist in einer der schönsten Gegenden der Welt und spinnst rum.
Unmöglich. Also, wie immer in solchen Situationen - einatmen, ausatmen. Es funktioniert. Wie immer.
So langsam sehe ich die schöne Natur um mich herum.
„Herrlich," sage ich.
Wir finden einen schönen Picknickplatz am Strand

unter einer großen Palme. Wie im Film. Sam sieht gut aus. Wie Pater Ralph in den „Dornenvögeln".
Oh Gott, was denke ich nur.
Schnell packen wir die feinen Sachen aus, die uns die Schwestern eingepackt haben.
Es ist wie Weihnachten und Ostern zusammen. Bunte Plastikschachteln offenbaren uns ein gelungenes Festmahl. Mmmmh....
Eine Flasche Rotwein, in ein Geschirrtuch gerollt, krönt unseren Genuss.
Wir essen und reden.
Wir lachen und albern.
Wir scherzen und ruhen uns aus, im warmen Sand.
Und doch fühle ich mich fremd. Ich bin nicht mit ganzem Herzen dabei.
Sam und ich sitzen am Strand und schauen den Wellen zu. Sie kommen und gehen. Ein immer währender Rhythmus. Kommen und gehen.
Ich male mit dem Finger im Sand. Kleine Blumen wie in meinem Garten.
Hoffentlich hat die Nachbarin meinen neuen Garten auch gut gewässert? Naja, kann es ja nicht ändern, ich hoffe, es klappt.
Wir laufen am Strand.
Mit den Füßen im Wasser. Es ist ein unglaublich gutes Gefühl. Die Gewalt der Natur ganz nah zu spüren. Die Lungen saugen die prickelnde Luft ein, als wären sie vertrocknet. Ich drehe mich im Kreis und atme, atme, atme wie in meiner Gymnastikstunde.
Was wohl die Anderen sagen, wenn sie mich so schmal sehen? Oder ist es scheißegal, wie ich aussehe?
Langsam kommen mir Zweifel!
Immer nur Figur, Figur, abnehmen, zunehmen, Diäten,

bin ich bekloppt. Gibt es nichts Wichtigeres auf dieser schönen Welt.
Ich nehme mir vor, nie mehr an meine Figur zu denken!
Ich nehme mir vor, nie mehr abnehmen zu wollen!
Ich nehme mir vor, nie mehr eine Diät zu machen!
Ich nehme mir vor, meine nächste Liebe nie mehr los zu lassen!
Die Vorstellung, mich geschmolzen wie die Polkappen meinen Freunden und Arbeitskollegen zu präsentieren, erhellt meine Stimmung gewaltig.
Ich denke ja schon wieder diesen Blödsinn, aber jetzt ist Schluss.
Das Wort Schluss schreie ich laut. Sam dreht sich erschrocken um.
„Alles ok bei Dir?" „Na klar, bin wieder im Lot," sage ich.
Wir gehen am Strand entlang und es wird mir leichter ums Herz. Plötzlich wird mir mein Weg klar. Ganz klar!
„Ich werde nach Hause fahren," sage ich zu Sam. Hier ist nicht mein Zuhause und es wird es nie sein. Es war sehr wichtig für mich, dass ich diese Reise gemacht habe, aber jetzt ist Schluss. Ich werde einen Neubeginn starten.
„Schön, dass jetzt alles klar ist," sagt Samuel. Das Leben ist eigentlich ganz einfach, wir machen es nur kompliziert. Wichtig ist, das man weiß, was man will.
„Weißt Du es nun?"
„Ja, ich weiß es." Wir gehen noch ein Stück.
„Bis zu meinem Heimflug kannst Du mir ja noch einige Schönheiten der Gegend zeigen und dann nichts wie ab nach Hause."
Eben wurde mir klar, was ich machen soll.
Mein Abenteuer in Afrika ist zu Ende.

Mein neues Leben beginnt.
Und ich freue mich darauf!
Ich werde meine Erfahrungen hier in Afrika in mein neues Leben einbauen. Schon morgen buche ich den Rückflug. Genau, so mache ich es.
Sam schaut mich lange an.
„Du wirst deinen Weg gehen, da mache ich mir keine Gedanken. Lass Dein Herz sprechen und höre auf Deinen Bauch." Schon wieder mein Bauch!
Sam reckt die Arme in die Luft und beginnt in rhythmischer Zuckung zu tanzen.
Erst erstaunt, mache ich mit. Wir tanzen im Kreis und beginnen zu lachen. Ein wunderbares befreites Lachen. Ich lache alles weg – Kummer, Hunger, alles.
Als neuer Mensch falle ich in den Sand. Seidiger warmer Sand umgibt meinen Körper. Ich fühle mich unendlich geborgen und leicht.
„Dein Abschied als Regenmacherin war phänomenal. Diese grazilen Figuren, der ekstatische Rhythmus, diese rollenden Augen. Einfach wunderbar."
Kleine Tropfen fallen auf unsere geröteten Gesichter. Sam staunt nicht schlecht. Ob Ulk oder nicht, wenn ich tanze, regnet es. Ich bin doch eine Regenmacherin. Klasse!
An diesem entschlussreichen Tag schlafe ich sehr gut im Gästezimmer. Auf meinem Tisch steht ein Blumenstrauß von Antoine. Bestimmt hat ihn Herr Bihabba organisiert.
Ich bin glücklich, dass ich nicht unglücklich bin.
Nach einem kleinen Frühstück helfe ich den Nonnen beim Reinigen der Kinderzimmer.
Es ist gut zu wissen, wie geborgen sich die Kinder hier fühlen. Sie haben ihre Zimmer mit Postern und

selbstgebastelten Werken geschmückt. Das Haus ist voller Leben und summt wie ein Bienenstock. Die Nonnen haben mir versprochen sich um die Kinder im Camp zu kümmern. Welch ein Glück!
Nach getaner Arbeit leihe ich mir ein Fahrrad von den Nonnen und radele los. Durch die Vororte von Swakopmund.
Das Fahren macht mir großen Spaß.
Allein den Weg zu suchen, erinnert an ein Abenteuer.
Die Natur ist hier wunderschön.
Ich radele und radele.
Wann bin ich das letzte Mal Fahrrad gefahren?
In einem kleinen Einkaufscenter weisen bunte Plakate den Weg zu einem Reisebüro.
Eine freundliche Mitarbeiterin begrüßt mich.
Gemütlich, mit einer Tasse Tee in der Hand, ist der Rückflug schnell organisiert.
Es ist doch alles ganz einfach, als müßte es so sein.
Eine große Auswahl an Ausflügen und Safaris steht zur Auswahl, Land und Leute zu erkunden. Keine schlechte Idee, mich einmal im Land umzusehen, bevor ich nach Hause fahre. Der Süden Afrikas ist ja ein Traumland mit atemberaubender Tierwelt, Landschaften voller Naturschönheiten, und ich bin mittendrin.
Soll ich es wagen? Ein Trip in die Wildnis?
Sorgfältig lese ich die Angebote und kann mich nur schwer entscheiden. Mir gefällt es sehr, mich in die Geschichte des südlichen Afrikas zu vertiefen. Also, warum nicht. Ich bin vor Ort und suche mir jetzt etwas aus.
Was soll es sein – eine Safari?
Wie lange soll sie dauern – mindestens eine Woche, natürlich mit Vollpension? Kann ich mir jetzt leisten!

Und wo man überall wohnen kann. In Hotels, Camps, Baumhäusern, Zelten oder so. Klasse! Ich komme langsam in Fahrt.
Eine Safari, oh wie toll! Mein Entdeckerherz macht Sprünge.
Warum arbeite ich eigentlich in einem Labor, wenn es mir solchen Spaß macht, die unterschiedlichsten Touren und Möglichkeiten der Touristik zu entdecken? Zu planen und zusammenzustellen.
Ich notiere dies in meinem Kopf! Darüber muss ich mal nachdenken.
Dann entscheide ich mich für eine typische Touristentour. Grosse Bussafari zu den Big Five. Bin gespannt, ob wir sie alle sehen werden.
Toll, übermorgen geht's los. Mitten in der Nacht. Ich bin aufgeregt und megafroh.
In einem kleinen Restaurant am Strand esse ich frischen Fisch. Lecker und scharf! Unglaublich lecker. Dazu süffele ich noch ein Glas Rotwein und die Welt ist in Ordnung. Fröhlich radele ich zurück. Die Landschaft ist wirklich beeindruckend.
Der sandige Boden leuchtet gelb bis orange. Eigentlich kein typischer Radweg, ich muss ordentlich strampeln. Aber es geht. Ich kann mich auf dem Rad halten und die Puste geht mir nicht aus. Na also, es kann ja mal was klappen. Ich versuche ein Lied zu summen, aber der aufwirbelnde Sand kratzt leicht im Hals und ich schweige lieber.
Kurz vor dem Waisenhaus muss ich dringend zur Toilette. Wie immer!
Das letzte Wegstück führt an einer ruhigen Straße mit wenigen Häusern vorbei. Eine Gruppe von knorrigen Sträuchern kommt mir sehr gelegen. Eigentlich ist hier

alles ein bisschen ausgetrocknet. Und stachelig.
Ich lehne mein Rad an ein dürres Stämmchen und schaue mich um. Wie peinlich meine Pieselsucht, alles an mir ist stattlich, nur die Blase ist schwach.
Aufmerksam umrunde ich die Gruppe von knorrigen Bäumchen. Eine kleine Nische im Gestrüpp ist in meiner Situation sehr hilfreich. Endlich...
Klappt doch, auch in Afrika. Es gibt immer einen Baum, ein Gebüsch, irgendwo.
Nachdem ich erleichtert meine Kleidung in Position ziehe, komme ich den Blättern sehr nahe und spüre einen Hauch Luft. Atemluft! Eklige Luft! Mundgeruch hoch zehn!
Gestank!
Ich glaube es kaum, was ich da sehe.
Ein Paar große braune Augen mit riesigen dunklen Wimpern schauen mich an.
Fragend oder ängstlich?
Neugierig?
Überrascht?
Heißer, stinkender Atem umweht mein Gesicht. Eine Fata Morgana? Der Wüstenkoller? Rotweintrallala?
Einbildung?
Nein.
Ich schlucke laut. Der Sand, den ich in meinen Hals gestrampelt habe, macht sich bemerkbar. Kratz, kratz.
Ich habe Durst.
Die Augen schauen mich weiter an und blinzeln. Ich schaue zurück und blinzele auch. Blinzeln ist positiv, heißt ich bin nicht böse. Hoffentlich.
Meine Nase fängt ungeheuer an zu jucken. Mein Hals wird eng. Ich schlucke mehrfach und ich muss niesen, mega mäßig! Ungehalten!

Wie ein Schuss zerreißt es die Luft.
Die Riesenaugen werden größer und größer. Wie aus einer Pistole geschossen rennt ein Tier weg, so schnell es kann. Ich habs erschrocken, so ein Pech. Da treffe ich auf ein Tier in freier Wildbahn und statt es zu beobachten, trompete ich es weg.
Oh Mann, ein riesiges Zebra! Mit wunderschönen Augen. Ich wusste gar nicht , dass es hier so was gibt. Und es dann noch frei herum läuft.
Jetzt aber nichts wie weg hier. Vielleicht ist es hier gefährlich?
Bei den Nonnen erzähle ich mein Abenteuer bei einer guten Tasse Kaffee. Sam staunt.
Rückflug gebucht, Safari gebucht, Zebra gesehen – er meint, ich hätte Glück gehabt.
Und blinzelt mit den Augen. Wie das Zebra.
Denkt er vielleicht, ich hätte einen Schwips? Also, unmöglich!
Anscheinend ist diese Gegend für solche Alleingänge nicht ungefährlich.
Glück gehabt!
Das nächste Mal spreche ich mich mit Sam ab. Aber es wird ja kein nächstes Mal geben. Er will mich noch bei meiner Safari begleiten und dann trennen sich unsere Wege. Für immer?
Toll!
Die Begegnung mit dem Zebra konnte er nicht fassen. Er hat hier noch nie eins gesehen. Kommen sehr wahrscheinlich nur bei „Regenmachern" raus. Hihi.
Wie gesagt, Schwein - nein Zebra - gehabt.
Das Leben im Waisenhaus geht mir heute auf die Nerven, ich bin nervös und zähle die Stunden, um die spannende Wildnis Afrikas erkunden zu können.

Heia Safari

Pünktlich um drei Uhr nachts rumpelt ein gepanzerter Kastenwagen mit Verandaausblick
durch die Nacht. Ich fröstele leicht in meiner Fleecejacke und dem Cap, einer Schirmmütze. Sam meint, bei einer Safari ist ein Cap unbedingt notwendig. Naja, wenns sein muss. Für die kuschelige Jacke bin ich ihm im Moment ganz dankbar, denn es ist kalt.
In Afrika ist es nachts kalt. Ehrlich!
Ich dachte immer, in Afrika sei ständig Badehosenwetter. Nee, wirklich nicht!
In einem Hauch von nichts, gut geschützt durch aufmerksame Security Männer durch die Steppe ruckeln, herrlich. Den leichten Duft von nussigem Sonnenöl auf starken muskulösen Armen an durchtrainierten Athletenkörpern hab ich schon in der Nase.
Leicht haucht der pfefferminzige Atem in mein Genick. Ich lehne mich an und meine vorwitzige Hand reibt leicht über den groben Stoff seiner Jacke. Ein feuchter Schlag gegen meine heiße Hand lässt mich aufstöhnen und ich will ihm in die Augen blicken. Ich erwache.
Ich hätte die Augen nicht öffnen sollen.
In Afrika lässt man alles so, wie es ist. Sollte man.
Leicht öffne ich die Augen und sehe einen Leguan oder so was ähnliches, genüsslich eine Heuschrecke verspeisen. Und das auf meiner Hand. Angewidert ziehe ich die Hand zurück und beende das kleine Nachtmahl. Der Leguan fällt zu Boden und rennt mit seiner halb verschlungenen Beute, Sekret tropfend davon – leicht nussig halt.

Fängt ja schon gut an, die Safari.
Ich richte mich wieder auf. Mein an die Hauswand angelehnter Kopf schläft noch.
Warum kann eine Safari nicht gegen neun oder zehn Uhr beginnen. Da hat man gefrühstückt und ist frisch geduscht. Ich fühle mich noch nicht wach, nur meine Zähne, frisch mit Pasta bearbeitet, warten auf ihren Einsatz.
Noch bevor das Ungetüm von Auto vor uns hält, habe ich bereits ein Stück von Schwester Aurelias Butterkuchen abgerissen und kaue genüsslich.
Der Safariautobusfahrer lächelt uns beim Einsteigen breit an.
Chewing Gum?
Buttercake, sage ich reflexartig.
Er heißt Uhubanhao oder so.
Seit zwei Jahren werde diese Safari wöchentlich durchgeführt und sie sei großartig, sagt er. Erlebnisse mit ungewöhnlichen Tieren, gleich reihenweise.
Stimmt bestimmt. Bin gespannt!
Mein erstes Erlebnis hatte ich ja schon. Gegen 3 Uhr morgens, an der Hauswand.
Zuerst werden die Sicherheitsbestimmungen erklärt -
Keine Geräusche bei den Tierbeobachtungen!
Nicht aussteigen!
Nicht irgendwo gegen lehnen! Klar!!!
Kein Essen aus dem Wagen werfen! Wie denn, hab schon einen Teil verputzt?
Bei Gefahr unbedingt auf die Anweisungen hören! Schon im Eigeninteresse.
Das rote Schild am Stock heißt „Achtung, es passiert etwas!"
Wir fahren los.

Es ist rabenschwarz um uns herum.
Deshalb der „Schwarze Kontinent". Habe es so noch nie gesehen.
Leichte Verfärbungen zeigen sich am Horizont.
Heia Safari, es geht los.
Der Bus stoppt. Das rote Schild am Stock wird von Uhu in die Höhe gehalten.
Mein Puls wird schneller. Klasse, es passiert was.
Ich versuche durch die heller werdende Nacht zu blicken.
Aha, etwas schleicht um unseren Bus. Die Größe wie ein Esel, Hörner oder zottelige Ohren, ich erkenne es schlecht. Bei drei rennt das Vieh weg.
Uhu sagt, es sei wohl ein Zebra. Super, kenn ich schon. Privat und ganz nah. „Zebras haben Mundgeruch!" sage ich und alle lachen leise.
Es geht weiter.
Im leichten Morgengrauen hören wir einen ungemütlichen, wilden, langgezogenen Ton.
Löwen?
Hyänen?
Wir fahren im Zeitlupentempo und der Wagen stoppt.
Ich erhebe mich vom Sitz und bemerke eine Anzahl weiterer Mitfahrer. Ich dachte, Sam, Uhu und ich seien allein.
Naja, wenn schon. Ist ja auch sicherer. Sollte es zum Äußersten kommen. Also sollte einer gefressen werden, sind die Chancen weitaus größer, davon zu kommen.
Mein Magen knurrt. Hunger oder Angst?
Ich denke, beides.
Von der Verandaaussichtsplattform blicke ich in den Busch. Uhu hebt das rote Schild.
Klasse, Tiere, die Frage ist nur, wo?

Ein Staubwölkchen verrät eine Gruppe zotteliger stinkender Hyänen unter einem Busch.
Sie schauen angespannt ins Unterholz, warten auf eine Beute.
Wie uns.
Vor der Safari keinen Kaffee trinken, sollte eine weitere Safaribestimmung sein. Meine Blase meldet sich. Oh nein. Ich bin kein Baby, ich halte durch.
Schnell sind einige Bilder geschossen und wir ruckeln zu einem Wasserloch.
Das Wasser steht braun und nicht einladend in der Riesenpfütze. Doch es reicht.
Den Elefanten zum Trinken und meiner Blase zur Animation. Durchhalten!
Es ist sehr schön, die wilden Riesen anzusehen. Sie genießen die braune Brühe, saugen das Wasser in ihren Rüssel und...
spritzen es in unsere Richtung. Klasse, sie haben uns entdeckt.
Abwarten!
Droht uns ein Angriff? Werden wir totgetrampelt?
Mein Puls wird schneller.
Mist! Meine Blase füllt sich weiter. Was tun?
Wir zuckeln weiter.
Es wird immer wärmer trotz der frühen Morgenstunde. Nach circa einer Million gefühlt gefahrener Kilometer gibt es einen Halt zum Frühstücken.
Endlich!
Ich klettere aus dem Vehikel und sehe mich um.
Nichts.
Das Restaurant scheint versteckt um die Ecke hinter dem Wäldchen verborgen.
Ich muss dringend zur Toilette und renne los.

Die freudigen Rufe meiner Mitfahrer bescheinigen mir meine körperliche Fitness. Früher hätte ich für diese Strecke fünf Minuten gebraucht, heute ein „Sekundenrun".
Geschafft!
Ich lasse die ersten knorrigen Baumkrüppel hinter mir und sehe mich um.
Wo ist das Restaurant?
Von Ferne höre ich Stimmen.
Wenn ich nicht gleich mein Frühstück ordern kann, stehe ich in der Schlange am Buffet.
Ich biege nach rechts ab und nach zehn Metern bleibe ich stehen.
Ich bin gar nicht allein, es ist schon jemand da – ein Büffel!
Riesige Augen rollen aus den Höhlen. So was wie mich hat er wahrscheinlich noch nie gesehen. Er schwenkt seinen Kopf hin und her.
Oh Gott, was mach ich nur? Wo renne ich hin?
Ins Restaurant, schnell, nur wo, wo, wo?
Oder gibt es hier nichts! Dann wäre meine Situation nicht sehr angenehm.
Ruhig, ruhig bleiben, keine Panik.
Denk nach, Annabell. Schnell, denk nach!
Ich spüre meinen heißen Atem an meinem Kopf vorbei ziehen, direkt Richtung Büffel.
Der Schuhtrick - ich habe doch einmal in Daktari einen Schuhtrick gesehen. Man zieht den Turnschuh aus und wirft ihn hinter den Büffel, um ihn abzulenken. Ich bücke mich, um meinen Schuh auszuziehen, aber es sind ja keine Turnschuhe wie in Daktari, sondern derbe Qutdoorschuhe zum Binden. Ich zerre an den Schnürsenkeln, als der Büffel beschleunigt und im

Affenzahn das Weite sucht.
Was war das denn?
Der Büffel greift nicht an, warum nicht? Gott sei Dank nicht!
Ich kann nicht mehr.
Ich lasse meine Hose sinken und erleichtere mich auf der Stelle.
Mit einem Spurt und klopfendem Herzen sause ich dann zur Gruppe zurück.
Die haben schon einige Campingtische aufgestellt und stellen gerade die Bänke dazu.
Uhu hebt Körbe mit Leckereien, Fladenbrot und Getränke aus dem Bus. Mir drückt er einen Kessel nebst Dreibein in die Hand und verdonnert mich zum Kaffeekochen.
Dabei bin ich gerade dem Tod von der Schippe gesprungen. Und nun das!
Beim gemeinsamen Frühstück erzähle ich die Begegnung mit dem Büffel - und dem Schuh!
Alle lachen.
Ich versuche, detailgetreu die Situation zu beschreiben. Ungläubiges Staunen, ich glaube, sie denken an Anglerlatein. Sam lacht am meisten. Eigentlich hätte er doch auf mich aufpassen müssen. Bis er verpennt aus dem Bus gestiegen ist, war ich schon auf dem Rückweg. Na, heia Safari, unser bezahlter Aufpasser hatte nur sein Frühstückscamp im Kopf und kam nicht auf die Idee, dass sich jemand von der Gruppe entfernt hat.
Eigentlich ist es mir im Nachhinein ganz recht.
Ein Restaurant im Dschungel! Für wie naiv hätten die mich dann gehalten.
Fazit: Es war gefährlich, aber ich habe einen Büffel

gesehen, die anderen nicht. So!
Es wird immer heißer und dann erreichen wir den Sand. Sand, Sand überall. Mit richtigen Dünen, unglaublich! Nach endlosen Kilometern mit spärlichen Wildbeobachtungen haben wir unsere Tagesetappe erreicht. Wir sind in einem Buschcamp.
Mit Restaurant!
Also doch!
An der Rezeption werden die Zimmer verteilt und ich habe Glück, meines ist mit Terrasse.
Die kalte Dusche wirkt Wunder. Ich fühle mich putzmunter und habe wie immer Hunger. Immer das Gleiche mit mir. Das Mittagessen besteht aus einem Gulasch und Hirse.
Gulasch aus was wohl? Ich mag nicht daran denken.
Es schmeckt herrlich.
Satt und schläfrig liege ich danach auf meiner beschattenden Terrasse in einem Liegestuhl.
Bunte Tücher wedeln unter einer mächtigen Palme über meinem Kopf. Ich fühle mich wie in TausendundeinerNacht. Das Atmen in der sengenden Sonne fällt mir schwer und ich sehe mich nach einem kühleren Plätzchen um.
Neben der Terrasse liegt ein wunderschöner kleiner Garten. Das Gras ist etwas welk wegen der großen Trockenheit. Im hinteren Gartenteil sehe ich einen Eingang in den dahinterliegenden Hügel.
Eine Höhle oder eine kühle Grotte, denke ich erfreut.
Clevere Idee!
Schnell hin, bevor alle darin liegen.
Vorsichtig sehe ich in die Höhle und bin erstaunt. Ein Wasserbecken mit kühlem Nass neben einer merkwürdigen Liegestatt. Afrikanische Schlafstatt

denke ich noch und gleite in wunderbaren Schlummer.
Langsam erwache ich wegen großer Wärme an meinem Bein.
Sonnenbrand, denke ich!
Ich öffne langsam meine Augen und staune. Neben mir liegt ein großes helles Tier.
Wie kommt das auf meine Terrasse? Oder wo bin ich?
Die Höhle!
Ich bin in der Höhle das einzige menschliche Wesen. Bei vorsichtigem Umschauen entdecke ich drei Mitbewohner. Groß, hell, zottelig!
Ich hoffe, es sind keine Fleischfresser und wieso sind die hier.
Ich wage ein leises „Hilfe".
Niemand da. Keiner hilft.
Ich rufe lauter.
Meine Mitbewohner drehen ihre Köpfe und mein Fellstrumpf rappelt sich auf.
Lamas!
Wo kommen denn die Lamas her? Oder sind es keine Lamas? Jetzt nur keinen Panik.
Zum Glück sind Lamas oder lamaähnliche für ihre vegetarischen Vorlieben bekannt und ich bin erleichtert.
In Zeitlupe stehe ich auf und führe kurz darauf die Gruppe an - Richtung Terrasse.
Es ist weit und breit kein Mensch zu sehen. Ich gehe einfach weiter.
Auf der Terrasse drehe ich mich mutig um, die Lamas sind weg.
Halluzination oder was?
Ein muffiger beißender Geruch verrät mir, dass es kein Traum gewesen war.
Mein Bettgenosse müffelte schwer und ich habe seinen

Geruch angenommen.
Lachend kommt Uhu um die Ecke und setzt sich neben mich. Er zieht die Atemluft merklich durch seine Nase." Geh noch schnell duschen, Baby, wir fahren gegen Einbruch der Dunkelheit auf eine Pirschfahrt und du riechst zu lecker."
„Ich habe neben drei Lamas gepennt", sage ich zaghaft, um meinen außergewöhnlichen Geruch zu erklären.
„Du bist das Lustigste was ich jemals gefahren habe. Lamas! Hier!
„Also auf geht's ins Bad. Bis später."
Er glaubt mir nicht.
Der Blödmann, mein Schutz- und Ansprechpartner, glaubt mir nicht. Ich muss vorsichtiger sein. Hier im Busch bin ich wirklich auf mich allein gestellt.
Wo ist nur Sam schon wieder? Ich dusche schnell und parfümiere mich mehr als im Busch üblich. Bei der Abfahrt treffe ich Sam. „Wo warst Du"? frage ich etwas angespannt.
„Ich habe gebetet und meditiert. Diese wunderbare Stille, die Weite hat mich inspiriert."
Beschämt krame ich in meiner Tasche. Er hat gebetet, ich bin nur an meinem Wohlergehen interessiert.
Ich muss nachdenken.
Bin ich wirklich so egoistisch oder war es Zufall?
Passieren nur mir diese schrecklichen Missgeschicke?
Bin ich ein Egoist?
Interessiert mich wirklich nur mein Ego?
Nein, es war bestimmt purer Zufall.
Hoffentlich!
Plötzlich werde ich sensibel und denke an Weihnachten. Ich freue mich sehr, meine Bekannten zu treffen, den Baum zu schmücken und die neuen Kugeln

vom Vorjahr aufzuhängen. Bald, bald ist Weihnachten.
Doch zum ersten Mal seit langer Zeit bin ich an
Weihnachten nicht mit Otti allein. Nein wir sind dann
zu zweit – hoffentlich?
Hoffentlich kommt Antoine zu mir nach Hause. Meine
Stimmung steigt wieder.
Komisch, aber solche niederschlagenden Momente
hatte ich früher nie.
Also genieße ich jetzt die Safari und im Flieger grübele
ich nach. Habe dann ja genügend Zeit.
Uhu betrachtet mich im Rückspiegel.
„Alles klar, Büffelfrau? Du siehst etwas traurig aus.
Komm, erzähl uns etwas Lustiges."
Ich erzähle die gerade erlebte Geschichte mit den
Lamas. Der Bus lacht sich krumm.
Besser gesagt, meine Mitreisenden.
Sie halten mich für einen Clown. Immer wenn ich
etwas sage, lachen sie vergnügt.
Eigentlich ganz gut so.
Der Bus fährt zwei Stunden durch die Dämmerung,
aber etwas Spektakuläres passiert nicht. Wir sehen
einige Tiergruppen und wandernde Solisten, aber kein
Highlight ist in Sicht.
Abrupt stoppt der Bus. Ich versuche, scharf in die
Dunkelheit zu sehen.
Nichts.
Alle Gesichter schauen im Jagdfieber nach vorne. Ich
drehe mich sachte um und gehe so weit wie möglich in
die hintere Veranda. Zuerst schaue ich nach oben,
nichts, nach rechts, nichts, nach hinten zurück gerade in
bernsteingelbe riesige Augen.
Mandarinengroße Augen!
Stinkender Atem ganz nah bei mir. Und ich bin es nicht.

Ein Löwe hat sich am Bus hoch gestellt. Nur ein, zwei Meter vielleicht trennen mich von seinem Kopf. Er ist riesig groß und gar nicht so lieb wie die Kollegen im Zoo.
Sein Gesicht ist blutverschmiert, das Fell schmutzig und die stattliche Mähne an mehreren Stellen kahl.
Mir stockt der Atem.
Wir versinken Blick in Blick.
Ein faszinierender Moment. Gewaltig, Gefährlich, Unfassbar!
Glaubt mir eh keiner.
Mit leicht geöffnetem Maul sieht mich der Löwe starr an. Ich starre zurück. Unbeweglich. Jede Bewegung würde ihn sofort vertreiben. Denke ich mal.
Er könnte mich auch einfach schnappen. Löwen sind Raubtiere.
Und dann ist er weg.
Einfach so.
Ich versuche ihn wieder zu entdecken. Nichts. Ich schaue in alle Richtungen, nichts.
Uhu beobachtet noch angespannt die vordere Dunkelheit.
Ich schiebe mich zu ihm durch. „Na, schon was entdeckt, Madam?" flüstert er hinter vorgehaltener Hand.
„Klar, Löwe mit riesigen Augen," flüstere ich zurück.
Uhu grinst.
Er versucht ein ernstes Gesicht. „ Na klar, einem Löwen tief in die Augen gesehen, Glück gehabt."
Im Bus breitet sich Gelächter aus. Meine Löwenstory macht leise die Runde.
In dieser Nacht schlafe ich im Camp wie ein Murmeltier.

Der nächste Tag wird spannend werden. Wir fahren nach dem Frühstück in einen Wildpark. Mit etwas Glück werden wir die berühmten Big Five hautnah erleben.
Klasse!
Die morgendliche Pirsch in aller Frühe fordert ein frühes Aufstehen. Der heutige Tag wird unvergesslich werden. Ich ahne schon im Voraus, dass es was ganz besonderes ist, den Fährten der wilden Bestien zu folgen und ein Bild nach dem anderen zu schießen. Das leckere Müsli ist schnell gegessen, der Kaffee herunter gespült und schon eilen wir in die Jeeps. Immer vier Personen plus Fahrer und Bewachung. Unser Wachmann blinzelt mit den Augen, als er mir beim Aufsteigen hilft. Ich habe mich in den Samtpulli gehüllt, einen Schal um den Hals gewickelt und mich gut mit Sonnenmilch eingerieben. In der Dunkelheit der Nacht bin ich der einzig glänzende Punkt im Jeep. Egal, in den Safaritipps stand es aber so. Meine Taschen sind gespannt. Ich habe all das, was man in der Wildnis braucht, eingesteckt.
Minikompass, Trinkflasche, Schweizer Messer, Eiweißriegel, Pflaster.
Wir fahren los.
Um uns herum nur schwarz. Der Himmel ist vor lauter Dunkelheit noch unsichtbar.
Ich döse vor mich hin.
Wir fahren langsam durch die Nacht.
Schwarze Safari, irgendwie passend.
Es raschelt im Buschwerk. Der Jeep hält. Unser Wachmann blickt angespannt umher.
Wir schauen in alle Richtungen.
Nichts, nur schwarz.

Ich schaue nach oben. Irgendwie blöd, aber ich entdecke einen hellen Riss in der Himmelsdecke. Aha, es wird langsam hell.
Raschel, raschel.
Ein starker unangenehmer Geruch steigt mir in die Nase.
Plopp, Plopp.
Rascheln, dann Ruhe.
Einer der Five hat sich wahrscheinlich erleichtert und ist wegmarschiert. Na, prima.
Unser Wachmann springt vom Wagen und streift durch das Gebüsch.
Er winkt uns zu.
Uhu hält mit seinem Scheinwerfer auf die Stelle. Ein unglaublich großer Haufen Exkremente dampft vor sich hin. Wo ist das dazu gehörende Tier?
Alle schauen angespannt nach vorn. Vielleicht ist es ein Nashorn oder ein Büffel?
Diese Menge kommt von einem riesigen Tier.
Dinosaurier gibt es ja leider nicht mehr.
Nur wo ist es hin?
Uhu rollt im Schritttempo nach vorn. Wir hören unseren Atem und erschaudern leicht.
Meine Nase juckt!
Nur jetzt nicht niesen müssen. Ich suche mein Tempo in der Hosentasche, aber die Menge an Safariutensilien steht mir im Weg.
Ich drehe mich leise um und ziehe alles aus meiner Hosentasche. Ohne zu rascheln verteile ich alles auf dem Rücksitz. Die Luft ist beißend und heiß. Ich schaue hoch und entdecke ihn. Der Büffel steht hinter dem riesigen Ersatzrad.
Ich bin entzückt! So ein großes, wildes Tier zu erahnen,

sehen ist ja noch nicht richtig möglich. Doch niemand außer mir scheint ihn zu sehen. Alle starren auf den Busch, hinter dem der Wachmann verschwunden ist.
Ich hebe leicht die Kamera und hoffe auf ein passables Foto. Das Klicken des Auslösers reicht schon aus und der Büffel ist weg.
Naja, sind schon schwierig zu fotografieren, diese Tiere.
Uhu flüstert leise: „Elefant"!
Es reibt sich was im Dickicht an einem Stamm. Ratz, ratz, und dann hören wir ihn.
Seine mächtige Trompete dröhnt uns in den Ohren. Ein großer, grauer Schatten geht gemächlichen Schrittes an unserem Jeep vorbei.
Alle sitzen ganz ruhig. Wir atmen leise. Uhu duckt sich und der Wachmann klettert ruhig auf seinen Platz.
Wir fahren weiter. Langsam wird es hell. An einem Wasserloch bleibt unser Jeep stehen.
Ein dorniger Busch verdeckt uns vor den neugierigen Augen.
Einige Antilopen, Gnus, Giraffen und Wasservögel lassen sich am Wasserloch nieder.
Sie interessieren sich nicht für uns, nur für das Wasser. Die suddelige braune Brühe scheint das Beste zu sein, was diese Gegend bietet.
Wir betrachten die trinkenden Tiere und dann kommt er, der König. Stolz präsentiert ein ausgewachsener Löwe seine majestätische Mähne. Mit wenigen Sprüngen erobert er das Wasserloch. Die Giraffe weicht langsam nach hinten aus, die anderen springen in Hast davon. Leider sehen wir im Morgengrauen den Löwen nur ungenau.
Er liegt an den Boden gepresst und schlabbert lauthals

das kühle Nass. Ein mächtiges Gebrüll seiner Partnerin aus dem dunklen Dickicht und schon flitzt er davon.
Toll, leider nur von hinten erwischt.
Ich liebe diese Fotosafaris.
Mein Magen kündet mit leisem Grummeln die Bereitschaft zur Aufnahme eines ergiebigen Frühstücks an. Und da bin ich nicht allein. Meine Mitfahrer scheinen ähnlich zu denken, denn es werden diverse Bonbons und Lollis wild im Mund gelutscht und gedreht.
Sichtlich von seinem Jagdglück berauscht fährt uns Uhu zurück.
Nach dem Essen bin ich etwas müde und schlafe noch ein Weilchen in meinem Campzelt.
Schwitzend werde ich wach. Der Schweiß steht mir in der Halsfurche. Unangenehm.
Ein kleiner Kopf guckt zu mir ins Zelt. Ein Äffchen hangelt sich zu mir herein. Er kennt sich anscheinend aus, denn er springt zu meinem Gepäck und schwupps hat er meinen Schminkbeutel in der Hand. Geschwind öffnet er ihn und hat das Wangenrouge in der kleinen Hand. Der Deckel springt auf und schon knabbert er ungeniert die teure Schminke. „Das ist ein Mineralpowderrouge, du Banause." Ich kann es nicht fassen. So schnell ich kann, springe ich auf, doch der kauende Affe ist schon verschwunden.
Jetzt hasse ich Safaris.
Noch eine Nacht und ich sitze in meinem Flieger nach Hause.
Eine längst vergessene Sehnsucht nach Hause überfällt mich spontan. Wie lange war ich eigentlich weg?
Hundert Jahre? Ich suche nach meinem Handy.
Natürlich leer. Ein schwarzes Display glotzt mich an.

Super.
Mit dem Aufladekabel in der Hand gehe ich zur Rezeption und, oh Wunder, ich kann es aufladen. Es gibt hier Strom und WLAN.
Ich dachte die Wildnis sei wild. Weit gefehlt.
Ich eile zur Rezeption und stoße mit jemandem zusammen. Zeitschriften fallen zu Boden und eine Packung Werthers Echte zerstreut sich in alle Richtungen.
Oh, welches Glück! Werthers Echte – das letzte habe ich vor gefühlten hundert Jahren gegessen. Ich bücke mich und stoße mit meinem Kopf an einen anderen ziemlich harten Schädel.

Roman

Roman, mein Althippie aus dem Reisebüro.
Unglaublich! Wahnsinn! Fata Morgana!
Wir sehen uns überrascht an – „Du, Sie hier?"
Schnell heben wir die umherliegenden Sachen auf und schauen uns wieder verdutzt an. Das kann doch nicht sein.
In der entlegendsten Wildnis treffe ich einen Bekannten aus Deutschland. Sollte der nicht längst wieder in seinem Reisebüro sitzen und Reisen verkaufen? Jetzt macht er sie selbst.
Roman wundert sich über mein ungebremstes Staunen. Ich kann es nicht fassen. „Aber meine Schöne, das ist doch mein Job. Ich bereite Rundreisen vor und begleite, wenn möglich, die Reisegruppen. So habe ich schon die ganze Welt bereist und meine Teilhaberin am Reisebüro regelt momentan die anstehenden Arbeiten daheim.
Eine prima Sache für uns beide."
Ich beginne mich zu freuen, Roman getroffen zu haben und lade ihn spontan auf einen Kaffee ein. Nun sitzen wir schon eine geschlagene Stunde an einem kleinen Tresen in der Wildnis des südlichen Afrikas und trinken vorzüglichen Kaffee.
Herrlich!
Irgendwie bin ich erleichtert. Ich weiß nicht wieso, aber meine Stimmung steigt mit jedem Schluck Kaffee. Die vermisste Heimat ist plötzlich ganz nah. Wir reden und reden, erzählen und quatschen. Wer kam gerade woher und warum und fährt gerade wohin und wieso. Schöne Minuten. Ich fühle mich ausgelassen und unternehmungsfreudig wie selten. „Schade, dass unsere

Reisegruppe heute noch zurückkehrt und ich morgen schon abreise. Afrika hat mich schon sehr inspiriert. Und dann noch dieses unerwartete Treffen." Ich glühe vor lauter Aufregung. Roman überschüttet mich mit Komplimenten und etwas traurig müssen wir uns verabschieden. Er zieht weiter in einem Konvoi-Allradgeländewagen und munter plappernden Touristen.
Jetzt lade ich mein Handy auf und kaufe mir ein bebildertes Buch über dieses wunderbare Land. Später checke ich meine Mails. Dreiundvierzig!
Längst vergessene Freunde fragen, wie es geht. Meine Kollegen warten auf afrikanische Abenteuer. Mein Chef freut sich auf Neuerungen im Betrieb, oh je, und lässt Grüße ausrichten.
Ich sitze in unserem Safaribus und denke nach. Was hatte ich doch für interessante Begegnungen in Afrika. Angefangen von Sam über Malaau, Mildred, Herrn Bihabba bis zur der bunten Menschenschar beim „Skorpion morde". Und das alles nur um meiner Liebe nahe zu sein.
Jetzt werde ich aufgeregt!
Die Heimat wartet. Es wird mir ganz warm, wenn ich an zu Hause denke.
Und Antoine, wäre er nur hier. Aber er ist nicht da. Eigentlich ist er nie da, wenn ich ihn brauche. Unser Kennenlernen und die Zeit seines Urlaubs waren wunderbar. Aber dann?
Ich reise zu ihm und muss ihn suchen, dann bin ich allein und jetzt sitze ich hier, am Ende der Welt und bin …. allein. Nein, das ist nicht meine Vorstellung vom glücklichen Beisammensein. Ich werde mit ihm reden müssen. So gefällt es mir nicht.

Ohne große Hoffnung auf Erfolg wähle ich seine
Nummer und habe ihn direkt am Apparat.
„Schatz, wo bist Du?" fragt er. „In zwei Tagen sind
unsere Arbeiten so weit, dass ich bei Dir sein kann.
Dann machen wir Urlaub am Meer." „Wie viele Tage
hast Du frei?" frage ich.
Er schluckt. „Was ist los? Ich habe fünf Tage frei und
Du freust dich nicht?"
„Nein, Antoine, über fünf Tage freue ich mich nicht, ich
fliege morgen zurück. Nach Hause.
Ich bin mir jetzt sicher, dass es das Richtige ist. Unsere
Liebe hat keine Zukunft, das weis ich nun. Ein Leben in
einer immerwährenden Warteschleife gefällt mir nicht.
Ich wünsche Dir viel Glück, Adieu."
Leise lege ich das Handy in meinen Rucksack und hole
tief Luft.
Es ist vorbei, alles gesagt. Ich bin froh, diese
Entscheidung getroffen zu haben. Und nun? Die langen
Stunden meines Rückfluges nutze ich zum
Nachdenken.
Soll mein Leben so weiter gehen? Oder soll ich was
ändern? Aber was? Was würde mir gefallen? Ich denke
nach bis ich einschlafe.

Indisches Projekt

Eine grüne Schlange wickelt sich um meinen Körper und es wird immer enger um meinen Bauch. Ich versuche mich zu befreien und entwickele große Kraft, um das Biest von mir weg zu ziehen. Und es gelingt. Ich schleudere die Schlange weit von mir und schreie laut. „Niemand engt mich wieder ein, niemand, niemand."
Erschöpft von dem Kampf öffne ich die Augen und sehe die schmunzelnden Mitreisenden im Flugzeug um mich herum. Ich habe nur geträumt, oh wie peinlich! Alptraum!
Zurück in meiner Wohnung genieße ich den vermissten Luxus einer warmen Dusche und kuschele mich in mein wunderbares, weiches Bett. In meinem Garten duftet es herrlich und auch Otti schläft wohlig in meiner Laube.
Wie schön. Zuhause ist es doch am besten. Vor allem nach einer so langen Zeit.
Am nächsten Morgen schlendere ich ins Reisebüro und tue interessiert. Roman ist noch nicht da. Er safarit noch, haha. Wie läuft so ein Reisebüro eigentlich? Ich könnte mir schon vorstellen, mein eintöniges Leben zu modifizieren, und mir eine neue Aufgabe zu suchen. Ich spioniere umher und bin begeistert von den bunten Prospekten.
Die nette Dame hinter dem Schreibtisch lässt mir Zeit, mich umzuschauen.
„Suchen Sie was bestimmtes", fragt sie schließlich. Ich weiß nicht genau, was ich sagen soll und stottere herum, von neuen Urlaubsplänen und so.

„Vielleicht haben wir bald was Tolles für Sie. Mein Kollege Roman arbeitet gerade an einem neuen Projekt. Momentan führt er eine Gruppe in Südafrika, aber wenn er zurück ist, arbeitet er ein neues Asienprojekt aus. Wäre das etwas für Sie?"
Ich denke nach. Ja, das wäre was für mich. Ein eigenes Projekt! Ich möchte eine Reise zusammenstellen und wie Roman die Gruppe selbst führen. Das würde mir gefallen. Raus aus dem Labormief, rein ins exotische Leben. Genau so werde ich es machen. Und ein Traumziel hätte ich auch schon - Indien. Fremde Kulturen, Ayurveda, Jogis, Abenteuer pur, und ich mittendrin.
Ich traue mich und frage die nette Dame um Rat. Zu meinem Erstaunen findet sie die Idee nicht ungewöhnlich und ermuntert mich, mein Projekt auszuarbeiten. „Wenn es gut und vielversprechend ist, steigen Sie doch bei uns ein. Mir scheint, Sie fehlen noch in unserem Team." Ich bin begeistert von der Idee, aber Mitarbeiter in einem kleinen Reisebüro zu werden, scheint doch etwas zu gewagt.
„Wie, Mitarbeiterin? Nein, wenn Sie das halten, was sie versprechen, und es scheint als seien Sie der richtige Mann, nein Frau, dann werden Roman und ich Sie als neue Teilhaberin mitmachen lassen. Also ran an die Arbeit und wir besprechen alles, wenn Roman zurück ist."
Ich schwebe nach Hause. Ich habe eine neue Lebensaufgabe vor mir.
Und ich freue mich darauf. Hoffentlich habe ich genügend Ideen, um das Projekt umzusetzen.
Morgen ist mein Urlaub vorbei und ich werde mit meinem Chef sprechen. Ich suche in meinem

Kleiderschrank und kann mich nicht recht entscheiden. Kleid, Rock, Hose?
Ohne groß nachzudenken entscheide ich mich für ein fliederfarbenes Kleid mit passenden Pumps, dusche ausgiebig, esse noch eine Scheibe Brot und gehe ins Bett.
Der Himmel öffnet sich für mich und die Engel applaudieren – so fühlt es sich momentan an. Ich habe mein Kleid angezogen und bin platt. Was für eine himmlische Figur.
Dass ich Gewicht verloren habe, war mir bewusst und es ist wunderbar, aber dieser Moment ist unbeschreiblich. Die Frau im Spiegel hat eine Figur mit wundervollen Kurven.
Mein Bauch ist glatt, die Röllchen verschwunden, die Beine wirken lang und schön.
Brust und Po sind wohl gerundet und geben dem Kleid die Chance, mich in eine Modepuppe zu verwandeln.
Bin ich das wirklich? Meine Arme sehen trainiert aus.
Welch ein Traum! Ich fühle mich göttlich, neu, wiedergeboren!
Und das konnte ich auch gebrauchen.
Nach einigen schönen Floskeln begrüßt mich mein Chef mit dem Knaller des Tages -
er verlässt die Firma und geht in den verdienten Ruhestand! Wir hingegen werden an einen Konzern verkauft.
Super!
Nicht unüblich in der Branche, aber für uns Mitarbeiter erschreckend.
Nicht für mich!!
Ich habe ja eine Vision.
Eine indische Vision....

Nachdem ich mich ja nicht mehr nur um meine Figur kümmern muss - Gott sei Dank - kann ich neue Wege gehen.
Eigentlich habe ich ja nur in figuralen Gedanken gelebt. Immer Diät, fettarm essen, zu viel essen, kann ich das essen, morgen weniger essen...
Kann es sein, dass ich einige Jahre verplempert habe, weil ich nur abnehmen wollte?
Warum war ich nur so unzufrieden mit mir? Warum konnte ich mich nicht leiden?
Ich gab mir keine Zeit, um mich um meine Freizeitgestaltung zu kümmern, mal was anderes auszuprobieren, meine Wünsche nach Männern und Flirts zu perfektionieren und einfach meine Gedanken von der Waage zu nehmen.
Und nun?
Bin ich perfekt? Ja, ich bin perfekt! Weil ich so bin, wie ich bin. Ich liebe mich selbst. Endlich!
Ich habe in der kurzen Zeit der Liebe und Leidenschaft meine Figur gefunden, sehe klasse aus und – und das ist das Größte – bin mit mir zufrieden.
Zufrieden, zufrieden, zufrieden!!
Ich betrachte mich genau und finde nur hübsche Stellen, keine Mängel, ich bin nur schön. Jedenfalls sehe ich das jetzt so. Mir wird ganz warm und ich spüre salzige Tränen über meine Wangen laufen. Ich weine vor Glück. Ich bin glücklich.
Und die Ankündigung meines Chefs ist ein Fingerzeig. Ich habe noch ein Vierteljahr einen festen Job und dann muss mein neues Leben fertig sein.
Und das wird es!
Ich fahre mit meinem Auto in die Stadt und kaufe mir im Indishop einen blau-grünen Sari. Wunderschön,

leicht, schimmernd. Ich schlendere durch die belebten Straßen und genieße die Geräusche der Stadt. Viele Menschen eilen an mir vorbei und ich sehe bewundernde Blicke. Merkt man, dass ich zufrieden bin? Bestimmt!
Ein aromatischer Duft weckt meine Aufmerksamkeit und ich entdecke ein kleines Café. Der Duft von gerösteten Kaffeebohnen zieht mich in seinen Bann. Ich bestelle einen indischen Monsun-Kaffee und eine Wasserpfeife. Habe ich noch nie gemacht, aber heute bin ich gut drauf. Es wird mal was riskiert, Mädel. Ich schlürfe den höllisch heißen Kaffee, knabbere Wasabierbsen mit Honigkruste und nehme einen kleinen Zug aus der Wasserpfeife. Ui, Dampf.
Meine Welt versinkt.
Meine Träume werden zu bunten Gedanken. Ich schlendere durch blühende Gärten und atme bunte Luft. Indien, wie schön du bist! Schön wie ich, wir passen zusammen!
Weißer Nebel wallt um meinen Kopf und ich fühle unendliches Glück.
Als jemand herein kommt, sehe ich Herrn Bihabba mit einem Äffchen auf der Schulter.
„Rufen sie mir bitte ein Taxi, ich muß dringend heim," rufe ich der Bedienung zu, die ich plötzlich mit so vielen Armen wie Shiva durch die Kneipe schlenkern sehe.
„Wohin bitte?" fragt sie mich.
Ich sage nur „Indien, aber flott."